어디에도 없는 학교

우리학교 상상 도서관

어디에도 없는 학교

초판 1쇄 펴낸날 2024년 12월 16일

글 천펑웨이 ㅣ **그림** 린샤오베이 ㅣ **옮김** 김진아 ㅣ **펴낸이** 홍지연

편집 고영완 전희선 조어진 이수진 김신애 ㅣ **디자인** 이정화 박태연 박해연 정든해
마케팅 강점원 최은 신예은 김가영 김동휘 ㅣ **경영지원** 정상희 여주현

펴낸곳 ㈜우리학교 ㅣ **출판등록** 제313-2009-26호(2009년 1월 5일) ㅣ **제조국** 대한민국
주소 04029 서울시 마포구 동교로12안길 8 ㅣ **전화** 02-6012-6094 ㅣ **팩스** 02-6012-6092
홈페이지 www.woorischool.co.kr ㅣ **이메일** woorischool@naver.com

ISBN 979-11-6755-284-6 (73820)

找不到國小 (The Nowhere School)
Text copyright © Tsen Peng Wei, 2017
Illustrations copyright © Bei Lynn, 2017
First published in Taiwan in 2017 by CommonWealth Education Media and Publishing Co.,
Ltd.
Korean edition copyright © 2024 Woorischool Publishing Co., Ltd.
All rights reserved.
This Korean edition published by arrangement with CommonWealth Education Media and
Publishing Co., Ltd. through Shinwon Agency Co., Seoul.

만든 사람들
편집 김신애 ㅣ **디자인** 박태연

어디에도 없는 학교

천펑웨이 글 · 린샤오베이 그림 · 김진아 옮김

우리학교

차례

1
어디에도 없는 학교

'어디에도 없는 학교'가 진짜로 있을까?
어떻게 하면 '어디에도 없는 학교'에 갈 수 있을까?

'어디에도 없는 학교'는 일 년 내내 구름과 안개로 둘러싸여 있는 '찾을 수 없는 산'에 있어. 어디에도 없는 학교에 가려면 찾을 수 없는 산의 구불구불한 산길을 돌고 짙은 안개를 헤치며 가야 해. 그러다가 붉은 기와지붕으로 빼곡한 마을에서 위를 올려다보면 두꺼운 나무 문이 보일 거야. 바로 그 문 뒤가 '어디에도 없는 학교'야.

다른 곳에서 온 사람들은 대부분 어디에도 없는 학교를 찾을 수 없어. 그건 학교 간판이 도저히 알아볼 수 없을 정도로 낡았다거나 학교가 작고 학생들이 별로 없기 때문은 아니야. 또, 지도에 애매하게 표시되어 있다거나 이정표가 바람에 넘어져 있어서도 아니지.

어디에도 없는 학교를 찾을 수 없는 건, 가는 길을 찾기는 어려운데 잃어버리기는 쉬워서 그래. 좁은 길은 한 번만 헷갈려도 마치 사람을 보고 놀란 다람쥐처럼 흔적도 없이 사라지거든. 우선 찾을 수 없는 산을 찾기도 쉬운 일이 아니야. 그러니 찾을 수 없는 산에서 어디에도 없는 학교를 찾는다는 건 더더욱 어려운 일이지. 어디에도 없는 학교로 가는 길은 오직 하나뿐인데 그 길과 비슷하게 생긴 길은 열 개도 넘어.

어디에도 없는 학교로 가려는 사람들은 다들 첫 번째 길이 맞는 줄 알고 반가워해. 사실 그건 어디에나 '있는' 학교로 가는 길이야. 어디에나 있는 학교는 너무 찾기 쉬워서 방문객도 많아. 많은 사람들은 그곳을 말로만 듣던 어디에도 없는 학교라고 착각하지.

진짜 어디에도 없는 학교로 가려면, 잘 들어봐. 먼저 찾을 수 없는 산 아래의 북쪽 등산로에서 남쪽으로 걷다가 여섯 번째 우회전하는 길에서 왼쪽으로 꺾고, 좌회전하는 갈림길로 가면 돼.

그 뒤로 갈림길이 나오면 이렇게 꺾는 거야. 왼왼 오오, 오 왼왼, 오오 왼왼, 왼 오오……

이제 찾을 수 있을 것 같다고?

문제는 안개가 너무 짙어서 갈림길을 자주 찾지 못한다는 거야. 얼마나 안개가 짙은지 학교 종소리도 마치 걸쭉한 떡을 두드리는 것처럼 들린다니까.

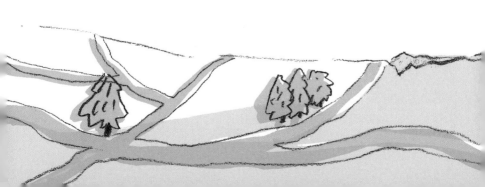

'픽! 픽! 픽!'

종소리를 들으면 사람들은 어디에도 없는 학교와 가까워졌다고 착각해. 하지만 여전히 멀리 있지. 산길을 빙글빙글 돌아서 찾을 수 없는 산 위에 사뿐히 놓여 있는 어디에도 없는 학교는 조급하게 찾으면 영영 찾을 수 없어. 오히려 느긋한 사람이 무심코 학교에 도착하곤 해.

어디에도 없는 학교는 도저히 찾을 수 없어서 그런 이름이 붙은 걸까? 아니면 이름을 그렇게 지어서 도무지 찾을 수 없는 걸까? 그건 아무도 몰라. 왜냐하면 어디에도 없는 학교에 관한 오래된 자료들도 이미 '어디에도 없거든.'

하지만 그곳에 사는 주민들은 그토록 찾기 어려운 학교를 눈 감고도 찾을 수 있어. 주민들은 처음에는 학교 이름을 그다지 좋아하지 않았어. 왜냐하면 이름이 길어서 쓸 때마다 귀찮았거든.

그런데 불평을 늘어놓기도 전에 그 특별한 이름이 그만 입에 붙어 버렸지 뭐야. 가끔은 그걸 영광으로 생각하기도 해. 쉽게 찾을 수 없다는 건 그만큼 귀하다는 뜻이니까.

어디에도 없는 학교로 가는 방법은 딱 한 가지야.

서두르지 않고 아주 천천히 가는 거야. 갈림길 순서를 머릿속에 잘 외워 둔 다음, 안개 속에 가끔 멈춰 서 봐. 길가의 푸른 소나무들을 감상하며 느긋하게 가다 보면 어느새 조그마한 학교에 도착하게 돼.

많은 사람들이 찾을 수 없는 산에 가는 건 어디에도 없는 학교를 보기 위해서야. 어디에도 없는 학교는 얼마나 특별한 곳일까? 사람들의 마음을 사로잡고 있는 소중한 비밀은 뭘까? 어디에도 없는 학교를 다녀온 사람만이 오직 그 답을 알고 있어.

어디에도 없는 학교에 가 본 사람은 많지 않지만, 갔다온 사람들은 모두 그 학교를 그리워해. 그리고 그 특별한 학교에 또다시 가고 싶어 하지. 아쉽게도 안개가 너무 짙고 길을 찾기 어려워서, 어디에도 없는 학교의 아름다움과 특별함은 오직 소문으로만 전해질 뿐이야.

2
날이 막 밝았을 때

날이 밝았어. 웅재의 발걸음을 따라가면
어디에도 없는 학교를 찾을 수 있어.

찾을 수 없는 산에 사는 4학년 소년 웅재는 학교 갈
준비를 마쳤어.

찾을 수 없는 산 위의 해님은 아직 잠이 덜 깼지만 학
교에 가는 웅재를 위해 살포시 길을 밝혀 주었어. 그런데
안개가 너무 짙어서 날이 좀처럼 환해지지 않았지.

책가방을 메고 집을 나선 웅재는 개울가로 향했어.

"웅재야, 같이 가!"

웅재는 뒤돌아보지 않고도 친구 건우가 뒤에서 오고 있다는 걸 알았어.

웅재는 뒤쫓아 온 건우와 함께 개울가에 도착했어. 찾을 수 없는 산의 꼭대기에 있는 샘물이 빠른 속도로 흘러 내려가면서 만들어진 개울이야.

학교로 가는 지름길은 따로 있어. 하지만 웅재는 개울에서 털보 아저씨의 배를 타고 가는 걸 좋아해.

웅재가 털보 아저씨네 사립문을 톡톡 두드리자, 아저씨가 모자를 쓰고 나오면서 말했어.

"자, 출발할까?"

털보 아저씨는 아이들을 학교까지 태워 주려고 통나무 비행선을 개울에 띄웠어.

개울은 지름길보다 조금 멀리 돌아가지만 무언가를 싣고 나르기엔 훨씬 편리하지.

"일어서면 안 돼, 알았지?"

털보 아저씨는 개울가 기슭에 묶인 밧줄을 풀면서 늘 그렇게 말해.

웅재가 날마다 해님만큼 일찍 일어나는 이유는 바로 털보 아저씨의 통나무 비행선을 타고 학교에 가기 위해서야.

통나무 비행선은 털보 아저씨가 직접 만든 크고 둥근 나무통이야. 아저씨는 사람들이 그걸 욕조 같다고 말하는 걸 좋아하지 않아.

아저씨는 나무통 바깥쪽에 공기를 빵빵하게 넣은 큼지막한 타이어도 세 개나 빙 둘러 걸어 놓았어. 덕분에 통나무 비행선은 바위에 부딪혀도 가볍게 뱅그르르 돌 뿐 부서지지 않아.

"진짜 팽이 같아."

웅재는 통나무 비행선을 타고 개울물에서 뱅그르르 도는 걸 제일 좋아해.

"우주선 같은데. 우린 외계인이고 말이야."

건우가 손을 뻗어서 튀어 오르는 물방울을 받으며 말했어.

"수업 열심히 들어. 알겠지?"

털보 아저씨가 노를 붙잡고 배를 몰면서 웅재에게 말했어.

웅재는 아저씨 말이 들리지 않았어. 큰 물보라가 배 안

으로 왈칵 들어오는지 쳐다
보느라 정신이 팔려 있었
거든.

"아저씨, 오늘은 너무 시
시한 거 아니에요? 개울물도 적
고 느려서 따분해요."

웅재가 한참 있다가 대답했어.

"오늘 같아야 좋은 거야. 물이
많으면 위험하거든. 암튼 너 수
업 열심히 들어. 장차 우리 마
을의 촌장이 되려면 말이야."

털보 아저씨는 같은 말을 되풀이
했어. 하지만 웅재는 여전히 귀담아듣지 않았지.

통나무 비행선이 개울에서 가장 짜
릿한 곳을 지나갔어. 전에는 꽤 가
파른 물길이었는데, 비가 내리지
않는 건기에 털보 아저씨가 켜
켜이 층을 만들어 두었어. 작은
배가 물에 휩쓸리지 않고 조금씩

내려갈 수 있게 말이야.

비탈진 물길을 내려가자, 세찬 물살에 뒤집힐 듯 휘청 거리는 비행선을 아래쪽 물살이 금방 잡아 주었어.

"와!"

배가 한층 한층 내려갈 때마다 웅재와 건우는 소리를 질렀어.

여섯 번 정도 소리를 지른 뒤, 모퉁이에 다다르자 학교 친구 셋이 통나무 비행선에 올라탔지.

아이들로 시끌벅적해진 통나무 비행선은 물길을 타고

내려가면서 속도가 엄청나게 빨라졌어.

"털보 아저씨, 빨리요, 더 빨리!"

"이 녀석들아, 다람쥐가 놀라서 도망가잖아."

털보 아저씨는 아이들을 보며 고개를 내저었어.

통나무 비행선은 어느새 소나무 숲을 지나 작은 부두
에 도착했어. 털보 아저씨가 개울가 나무에 밧줄을 묶고
힘껏 잡아당기자, 작은 배가 기슭에 닿았어. 배 위로 두
명의 친구가 더 올라탔어.

일곱 명의 아이들은 학교까지 가는 내내 통나무 비행

선에서 신나게 소리를 질러 댔지.

어느새 날이 조금씩 밝아 오기 시작했어.

"아직 학교 문이 안 열렸네!"

웅재가 기뻐서 소리쳤어.

"털보 아저씨, 우리 한 번 더 타요!"

모두 아저씨를 졸라 댔어.

털보 아저씨는 아이들의 부탁을 들어주기로 했어. 하지만 일곱 명을 몽땅 태우고 물길을 거슬러 올라갈 힘은 없었지.

"그러면 다시 저 위까지 너희가 걸어서 올라가!"

"문제없어요!"

"털보 아저씨, 우리 누가 빨리 도착하는지 겨뤄요!"

아이들은 책가방을 둘러메고 배에서 뛰어내렸어. 그리고 집으로 가는 지름길로 쏜살같이 내달렸어.

웅재가 처음 배를 탄 곳으로 되돌아왔을 때, 털보 아저씨도 온몸이 땀으로 흠뻑 젖은 채 막 도착했어.

날이 완전히 밝았어. 이제 아이들은 얼른 학교에 가야 해. 아이들 일곱 명이 모두 출발지에 모였어.

마음씨 좋은 털보 아저씨가 이번에도 학교까지 잘 태워 줄 거라는 걸 아이들은 누구보다 잘 알고 있지.

"조심해. 옷 젖을라."

털보 아저씨가 말했어.

"젖어야 재미있다고요!"

아이들이 한목소리로 대답했어.

아이들은 모두 날이 밝으면 학교에 등교해야 해. 개울로 가면 약간 멀리 돌아가지. 하지만 조금만 일찍 집을 나서면 절대로 지각할 일이 없다는 걸 알아.

왜냐고? 서둘러 집을 나서면 털보 아저씨가 통나무 비행선을 태워 주거든. 짜릿한 통나무 비행선을 오늘처럼 두 번이나 탈 수도 있어.

"최대 일곱 명까지야."

이건 털보 아저씨가 반드시 지키는 통나무 비행선 탑
승 규칙이야. 그래서 빈자리가 생기면 다들 서로 타려고
하지.

털보 아저씨의 통나무 비행선은 날마다 아이들을 가
득 태우고 어디에도 없는 학교로 출발해.

3
대관람차 도서관

웅재는 왜 그렇게 일찍 학교에 가는 걸까?
어째서 학교 안에 대관람차가 있는 걸까?

"학교 가자!"
찾을 수 없는 산의 숲길 여기
저기에서 1학년 아이들이 튀
어나오면서 이렇게 소리
쳐. 그러고는 학교까지
달리기 시합을 시작해.

"더 꾸물거리면 지각하겠어!"

웅재는 털보 아저씨의 통나무 비행선에서 훌쩍 뛰어내려 달렸어. 곧 1학년 아이들을 금방 따라잡았지.

"에이, 또 꼴찌야."

허겁지겁 교문 앞으로 달려가던 1학년 아이들은 잔뜩 실망해서 한숨을 내쉬었어.

오전 일곱 시 십 분에 학교 종이 울리자, 어디에도 없는 학교의 교문이 짙은 안개를 가르며 열렸어. 오래된 나무문에서는 삐걱거리는 소리가 났어.

그래, 맞아!

아이들이 얼른 늘어가고 싶어 하는 이곳이 바로 짙은 안개 속에 숨은 어디에도 없는 학교야.

웅재를 따라 학교 안으로 들어서면 저 멀리 거대한 대관람차가 보여. 대관람차가 뿜어내는 웅장한 분위기는 짙은 안개로도 감춰지지 않아.

대관람차는 찾을 수 없는 산에서 구한 단단한 나무로 만들었어. 서른두 개의 관람차도 달렸지. 관람차마다 지붕과 창문도 있어.

대관람차는 마치 크고 작은 톱니바퀴가 둥글게 맞물

린 대형 수레바퀴 같아. 어디에도 없는 학교의 거대한 수레바퀴가 깨어나 천천히 묵직하게 돌아가기 시작했어.

"웅재야, 같이 가자. 도서관으로!"

길고 긴 계단 입구에서 현도가 소리쳤어.

"오늘은 뭐 읽을 거야?"

웅재가 물었어.

"어제 다 못 읽은 책 마저 볼 거야. 엄청 재밌거든."

"제목이 뭔데?"

현도는 한참 생각하다가 부끄러운 얼굴로 말했어.

"까먹었어. 찾을 수 없는 산을 소개하는 책이었는데."

웅재와 현도는 도란도란 이야기를 나누며 대관람차 앞에 도착했어. 단단한 나무로 만든 이 대관람차가 바로 어디에도 없는 학교의 도서관이야.

웅재가 학교에 일찍 오는 이유는 이 도서관을 타기 위해서야.

아침에 학교 깃발이 내걸리기 전과 점심시간, 그리고 수업이 끝난 오후에 대관람차가 돌아가면 그건 도서관 문이 열렸다는 뜻이야.

책을 읽고 싶은 아이들은 누구나 이곳에 올 수 있어.

관람차 안에는 천
문, 지리, 곤충, 식
물, 문학 등 없는
책이 없지.

　현도는 웅재를 따
라 움직이는 대관람
차 도서관으로 들어
가서 제일 좋아하는
관람차를 골라 탔어. 자리를 잡고 나무 문을 걸
어 잠그자, 둘을 태운 관람차가 가볍게 위로 올라
갔어.

　"신기해서 밖을 쳐다보는 사람들은 우리 학교 도
서관에 처음 와 본 사람들일 거야."

　웅재가 말했어.

　"맞아. 이 안에 재미있는 책이 많다는 걸 알면 밖은
보지 않을 테니까."

　현도가 대답하며 어제 다 읽지 못한 책을 찾아냈어.

　"바로 이 책이야.『찾을 수 없는 산 찾기』!"

　현도는 책을 펼치고 읽기 시작했어.

이 관람차 안에 있는 책들은 웅재가 제일 좋아하는 것들이야.

관람차는 점점 더 위로 올라갔어. 관람차 위에서 아래를 내려다보면 어디에도 없는 학교가 한눈에 보여.

어디에도 없는 학교의 담장은 '파도 미끄럼틀'로 되어 있는데, 파도처럼 오르락내리락하면서 어디에도 없는 학교를 빙 둘러싸고 있어.

1, 2학년 아이들은 파도 미끄럼틀을 여러 번 타려고 학교에 일찍 와. 3, 4학년 아이들은 조금 유치하다고 생각하면서도 가끔 슬그머니 파도 미끄럼틀을 타. 학교에 갓 입학했던 때를 떠올리면서 말이야.

파도 미끄럼틀은 고속도로처럼 교차로가 있어. 모두

여섯 개인데, 아이들은 교실에서 가장 가까운 길을 선택해서 그곳으로 내려갈 수 있지.

어디에도 없는 학교에는 교실이 별로 많지 않아. 모두 1층이고, 비록 좀 낡긴 했지만 꽤 아늑해. 운동장도 별로 크지 않아. 운동장은 마치 나른하게 엎드린 강아지처럼 학교 동쪽에서 조용히 햇볕을 쬐며 아이들을 기다리고 있어.

운동장 옆에는 긴 계단이 자벌레처럼 벽에 단단히 붙어 있어. 이 '꼭대기로 통하는 계단'은 계단 수가 정확히 백 개야. 그래서 1학년 아이들이 이곳에서 1부터 100까지 숫자 세는 연습을 하기도 해.

짙은 안개 때문에 학교는 솜사탕으로 가득 차 있는 것

같아. 웅재를 태운 관람차는 갈수록 높아졌어. 어느새 학교의 경치도 제대로 볼 수 없게 되었지. 그러거나 말거나 웅재는 그저 손에 들고 있는 책만 열심히 봤어.

그때 관람차 안에 갑자기 종소리가 울렸어. 교실로 돌아가야 할 때를 알려 주는 종소리야.

"조금만 더 읽고 싶은데."

웅재가 몹시 아쉬워하며 책을 내려놓았어.

"정말 내려가기 싫다."

현도도 책을 내려놓으며 말했어. 여러 번 읽었는데도
좋아하는 책은 싫증 나지 않았거든.

"도서관은 참 편안해."

대관람차는 빙글빙글 돌아 어느새 처음 탔던 곳으로
되돌아왔어. 웅재와 현도는 함께 도서관을 나왔어.

뒤돌아보니 대관람차 도서관은 이미 멈춰 있었어.

"내일 아침에도 일찍 학교에 와야지!"

둘은 함께 교실로 신나게 걸어갔어.

4
느릿느릿 선생님

언제쯤이면 느릿느릿 선생님이 빠릿빠릿해지실까?

웅재의 담임인 느릿느릿 선생님은 어디에도 없는 학교에서 가장 오래 근무하고 계신 선생님이야.

어디에도 없는 학교에 오면 웅재도 보고 마음씨 따뜻한 느릿느릿 선생님도 만날 수 있어.

안개처럼 새하얀 머리카락은 느릿느릿 선생님의 특징이야. 느릿느릿 선생님은 나이가 많지만 엄청 건강해. 단지 무슨 일을 하든 느릴 뿐이야.

느릿느릿 선생님은 태극권을 하실 때도 한 동작 한 동작 느긋하게 해. 절대 허둥대거나 서두르지 않지.

느릿느릿 선생님은 숙제를 봐주실 때도 한 글자 한 글자 꼼꼼히 봐. 글자의 속마음이라도 들여다보려는 듯이 한 획도 빼먹지 않아. 학생들이 어떤 기분으로 글씨를 썼는지도 알아본다니까.

느릿느릿 선생님은 늘 이렇게 말해.

"서두르지 말고 천천히 하렴."

또 우리가 문제를 풀지 못하고 있으면 책상 옆에 가만히 서 계시다가 이렇게 말해.

"겁내지 말고 천천히 해 봐. 분명히 풀 수 있을 거야."

숙제를 다 해 오지 못한 아이들에게는 다음 날 이렇게 넌지시 말하지.

"괜찮아. 지금부터 천천히 하면 돼. 급할 것 없어."

그러고는 학생들이 한 자 한 자 천천히 숙제를 할 수 있도록 옆에서 지켜봐.

"차근차근 써야지 틀리지 않아."

느릿느릿 선생님은 삐뚤삐뚤한 글자를 지워 주면서 이렇게 느릿느릿 말하지.

친구들도 웅재도 느릿느릿 선생님의 느릿느릿한 모습을 조금 답답하게 생각해. 그래서 모두 웬만하면 집에서 숙제해 오려고 하지. 그러면 적어도 숙제를 후다닥 해치우고 놀 수 있잖아. 학교에서 꼼꼼히 할 필요 없이 말이야.

느릿느릿한 건 선생님뿐만이 아니야. 선생님이 쓰시는 물건도 모두 느릿느릿하거든.

선풍기도 느릿느릿 돌고, 음악도 느릿느릿 흐르고, 전등도 느릿느릿 켜지지.

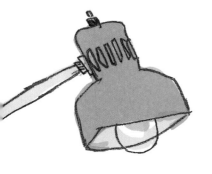

"전등불이 완전히 켜지는
동안 혹시 빼먹은 일은 없는지
생각해 볼 수 있단다."

느릿느릿 선생님에게는 노트
북이 하나 있어. 웅재가 시간을
재어 봤더니 전원 스위치를 누
른 후 완전히 켜질 때까지 무려 9분 28초나 걸리더래.

"그 정도 시간이면 한 가지 일을 마음 편히 해치우기
에 충분하지. 멀뚱히 앉아서 전원이 켜지기만을 기다리며
시간 낭비할 필요 없이 말이야."

뭐든지 천천히 하는 느릿느릿 선생님은 절대로 시간을
낭비하는 법이 없어.

쉬는 시간에 노트북이 켜지는 동안 선생님은 화장실
에 다녀오기도 하고 주전자에 찻물을 끓이기도 해. 심지
어 꽃에 물을 주고 남는 시간에는 운동도 하지.

조금 안타까운 건, 노트북이 완전히 켜지면 수업 시
작종이 곧바로 울린다는 거야. 그래서 느릿느릿 선생님은
노트북을 할 시간이 아예 없어.

"급할 거 없어. 급할 거 없지."

선생님은 노트북 화면을 끄고 다시 수업을 시작해.

보다 못한 아이들이 선생님께 말했어.

"수업이 끝나기 전에 미리 스위치를 켜 두면 되잖 아요."

그러자 느릿느릿 선생님이 말했어.

"괜찮아. 천천히 하지 뭐. 수업 끝나고 다시 켜면 돼. 신경 쓰지 말고 수업하자."

느릿느릿 선생님의 사전에는 '빠릿빠릿하다'라는 단어 가 없는 걸까?

느릿느릿 선생님은 한참 생각하더니 이렇게 말했어.

"아무렴, 빠릿빠릿할 건 없지."

그런데 하루는 느릿느릿 선생님의 손목시계마저도 그만 느릿느릿 가고 있지 뭐야.

손목시계가 느려지자 느릿느릿 선생님은 슬쩍 조바심이 났어. 누군가와 만나기로 약속했는데 손목시계가 느릿느릿 가면 선생님이 느릿느릿 준비할 수 없으니까.

느릿느릿 선생님은 느릿느릿 마음을 졸였어.

"이런, 조금 서두르는 게 좋겠군."

선생님이 느릿느릿 말했어.

"어휴, 틀림없이 초조하게 나를 기다리고 있을 거야."

그러면서 선생님은 느릿느릿 차를 몰고 찾을 수 없는 산을 내려갔어. 안전이 무엇보다 중요하니까.

"어쩌다가 내 시계가 느려진 거지?"

선생님은 느릿느릿 애를 태웠어.

그 일로 느릿느릿 선생님은 손목시계만큼은 느려지지 않도록 조심히 써야겠다는 교훈을 얻었지.

느릿느릿 선생님은 자신의 습관도 조금씩 고쳐 나갔어. 비록 여전히 모든 게 느릿느릿했지만, '조금 일찍 시작하면 좀 느릿느릿해도 괜찮다'는 사실을 잊지 않으려고 했지.

느릿느릿 선생님은 계속 느릿느릿할 수 있도록 시간에 더 신경을 썼어. 또 무슨 일이든 조금 일찍 시작해서 마

음이 조급해질 틈을 주지 않았어.

  그렇게 해서 느릿느릿 선생님은 어디에도 없는 학교
에서 제일 오래 있으면서도 가장 인기가 많은 선생님이
됐어.

  모두 다 느릿느릿 선생님의 느릿느릿한 모습을 좋아해.

5
거스름돈을 주지 않는 매점

학교를 소개할 때 웅재가 절대 빼먹지 않는 곳이 있지.
바로 웅재가 가장 좋아하는 매점이야.

어디에도 없는 학교의 수업이 끝나면 아이들로 제일
북적이는 곳이 있어. 벼랑 위에 판자로 지어진 조그마한
집이야.

조그마한 집에는 아무런 표시나 간판도 없어. 허름해
보이지만 아이들은 그곳이 매점이라는 걸 다 알아.

매점은 벼랑 위에 있어서 몸무게에 따라 출입을 제한해. 그래서 조금이라도 무게가 초과하면 경보음이 '삐뽀삐뽀' 울려. 아주 깜짝 놀란다니까!

어떤 형은 6학년이 되면서 몸무게가 80킬로그램이 넘어가서 그 후로 벼랑에 있는 매점을 이용할 수 없었어.

맛있는 간식을 못 먹은 덕분에 몸무게가 다시 줄어들긴 했지.

어둡고 조그마한 매점에 왜 그렇게 아이들이 북적이는지 궁금하다고?

1학년 아이들은 앞다투어서 이렇게 대답할 거야.

"가루우유를 한 봉지 사면 홍차 한 잔을 덤으로 주거든요. 그게 제일 좋아요."

아이들은 신이 나서 시범을 보여. 우선 홍차를 한 모금 머금어. 그런 다음 가루우유를 한 봉지 뜯어서 홍차를 머금은 입에 톡톡 털어 넣지. 그러고는 힘껏, 쉬지 않고, 입가심하듯 입안에서 섞는 거야.

그러면 입안에 있던 홍차가 맛있는 밀크티가 돼. 게다가 적당히 데워지지. 이게 바로 1학년 아이들이 제일 재미있게 즐겨 먹는 음료야.

　모든 아이들이 추운 날 마시는 따뜻한 밀크티를 좋아
하지만, 3, 4학년이 매점에서 가장 좋아하는 건 돌처럼 딱
딱하게 언 아이스크림이야. 80킬로그램이 넘는 6학년 형
이 가장 좋아하는 간식이기도 해.

　어디에도 없는 학교는 기온이 그리 높지 않아. 쌀쌀한
날씨에 시원한 아이스크림을 먹으면 발바닥까지 차가워지
면서 힘차게 공을 찰 기운이 생기지.

　차가운 바람을 맞으면서 꽁꽁 언 아이스크림을 먹으면
입에 쩍쩍 달라붙는 게 얼마나 짜릿한지 몰라. 아직 이가 덜 자란 1학년 아이들은 즐길 수 없는 일이지.

5, 6학년 아이들이 매점을 좋아하는 이유는 따로 있어. 매점에서 계산할 때가 수학 시험을 볼 때보다 더 두근거리거든. 수학 문제는 아무리 틀려도 주머니에 있는 돈이 사라지지 않지만, 매점에서는 물건값을 잘못 계산하면 거스름돈을 절대로 받을 수 없으니까.

매점 아주머니는 선생님보다 훨씬 더 깐깐해. 아이들에게 언제나 물건값을 딱 맞게 내라고 하지. 돈이 모자라면 물건을 살 수 없고, 돈을 많이 내면 거스름돈을 받을 수 없어.

"공책은 3,000원, 우유는 1,300원, 사이다는 1,700원, 과자는 1,500원이니까, 모두 합하면……."

아이들은 돈을 내기 전에 한 번 더 검산을 해. 그렇지 않으면 거스름돈을 돌려받지 못하고

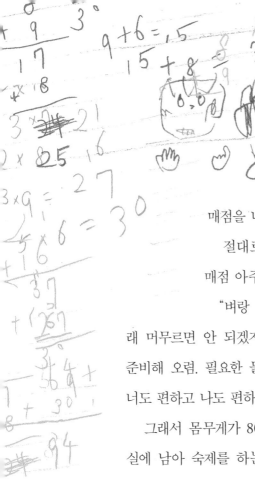

매점을 나가야 하니까.

절대로 거스름돈을 주지 않는 매점 아주머니는 늘 이렇게 말해.

"벼랑 위에 있는 매점에 너무 오래 머무르면 안 되겠지? 그러니까 돈을 딱 맞게 준비해 오렴. 필요한 물건을 사고 곧바로 나가면, 너도 편하고 나도 편하고 모두가 편하단다."

그래서 몸무게가 80킬로그램이 넘는 형도, 교실에 남아 숙제를 하는 누나도, 당번이라서 칠판을 닦아야 하는 동생도 매점에 갈 수 없을 때면 친구에게 물건을 대신 사 달라고 부탁했어. 단, 미리 정확하게 물건값을 계산해야 해. 100원이라도 많거나 적으면 안 되니까.

그런데 사실 절대로 거스름돈을 주지 않는 매점 아주머니에게는 아무도 모르는 비밀이 하나 있어. 아주머니가 그동안 그 누구에게도 말한 적 없는 비밀이지.

그게 뭐냐면, 아주머니가 이토록 깐깐하게 계산 규칙을 지키는 이유는 거스름돈을 돌려주기 싫어서가 아니라는 거야. 사실 아주머니는 계산을 못 해서 거스름돈을 제대로 거슬러 주지 못하는 거였어. 거스름돈을 딱 맞게 주지 못하니까 선뜻 내주지 못했고, 선뜻 내주지 못하다가 절대로 주지 않게 된 거지.

절대로 거스름돈을 주지 않는 매점 아주머니는 자신의 비밀을 숨긴 채 계속 거스름돈을 주지 않았어. 시간이 지날수록 모두 아주머니만의 규칙과 성격에 익숙해졌지.

5, 6학년 아이들은 절대로 거스름돈을 주지 않는 매점 아주머니를 좋아해. 계산이 느린 1학년 아이들이 5, 6학

년을 무척 부러워하거든. 그럴 때마다 5, 6
학년 아이들은 우쭐해져. 그래서 매점 아주머니는 5,
6학년 아이들의 인기를 한 몸에 받고 있어.

어디에도 없는 학교의 매점은 비록 물건의 종류가 많
지는 않지만 언제나 수업이 끝난 아이들을 자석처럼 끌
어당겨.

웅재도 절대로 거스름돈을 주지 않는 매점 아주머니
를 무척 좋아해. 아주머니 덕분에 어디에도 없는 학교의
매점은 벼랑 위에 있어도 무너지지 않지.

6
보이지 않는 교장 선생님

교장 선생님은 도대체 어떻게 생겼을까?

웅재는 과연 교장 선생님을 볼 수 있을까?

짙은 안개로 둘러싸인 찾을 수 없는 산은 신비로운 기운이 가득해. 하늘 높이 솟은 나무, 길게 드리워진 덩굴, 햇빛도 뚫지 못하는 안개…….

하지만 웅재에게는 그리 대수롭지 않아. 웅재가 어디에도 없는 학교에서 제일 신비롭게 생각하는 건 바로 어디에서도 보이지 않는 교장 선생님이거든.

어디에도 없는 학교의 학생들은 교장 선생님이 어떻게 생겼는지 아무도 몰라. 심지어 벌써 4년째 이 학교에 다니고 있는 웅재도 아직 한 번도 보지 못했지.

교장 선생님은 아침에 학교 깃발을 걸고 나면 곧장 교장실로 들어가.

교장 선생님은 오직 단상 위에서만 모습을 드러냈어. 교장 선생님이 운동장 단상에서 말씀하실 때면 학생들은 짙은 안개를 사이에 두고 오직 교장 선생님의 목소리만 들을 수 있었어. 목소리가 안개를 뚫을 정도로 컸지.

교장 선생님은 도대체 어떻게 생겼을까? 짙은 안개 때문에 교장 선생님은 마치 그림자처럼, 흰 종이에 연필로 쓴 글씨를 지우개로 지운 것처럼 희미하게 보였어. 시력이 좋지 않은 아이들은 희미한 그림자조차 볼 수 없었지.

"교장 선생님은 어떻게 생겼을까?"

"혹시 안개 속에도 안 계신 거 아냐?"

"누가 그러는데 교장 선생님은 목소리만 있고 형체는 없는 미스터리 괴물이래."

"윽, 그건 너무 무섭잖아?"

"함부로 말하지 마. 그러지 말고 우리 교장실에 가 보
자. 그럼 알 수 있겠지."

웅재는 친구들을 따라 조용히 교장실로 가 봤어.

크고 시커먼 책상 뒤에도 텅텅, 의자 위에도 텅텅. 탁
자 옆, 소파 위, 책장 앞 할 것 없이 모두 텅텅 비어 있
었어.

"이럴 수가! 교장 선생님은 정말로 목소리만 있나 봐."

"형체도 없고 흔적도 없다니, 정말 엄청나다!"

"멋대로 추측하지 마. 화장실에 가셨을지도 모르잖아."

웅재는 교장 선생님이 규칙을 잘 지키는 분이어서 쉬는 시간마다 화장실을 다녀오는 게 틀림없다고 생각했어.

하지만 화장실에서도 교장 선생님일 것 같은 사람을 본 적은 없었지.

아이들은 교장 선생님을 상상하며 그림을 그렸어.

"두루마기를 입고 손에는 부채를 들고서 '허허' 웃으며 다니지만 무술이 뛰어난 도사일 거야."

"덥수룩한 수염에 짙은 눈썹, 그리고 중절모를 쓰고 청바지를 입은 카우보이일 거야."

"큰 키에 네모난 안경을 쓰고, 양복바지를 쭉 빼입고 머리를 근사하게 빗어 넘긴 이탈리아 신사 같을 거야."

"교장 선생님은 대체 어떻게 생기셨을까?"

아이들은 상상한 대로 그린 그림을 한데 모아 두고 토론을 벌였어.

"언제쯤 교장 선생님을 가까이서 볼 수 있을까?"

"정말로 목소리만 있고 형체는 없을까?"

"너무 걱정하지 마. 우리 할아버지가 그랬는데 '소리

만 있고 형체가 없는 건' 오직 산에서 울리는 메아리뿐이
랬어."

"맞다, 졸업식!"
웅재에게 갑자기 좋은 생각이 떠올랐어. 졸업식이 다가
오고 있거든. 그날은 틀림없이 교장 선생님을 볼 수 있을
거야.

졸업식은 강당 안에서 열려. 물론 그날도 강당은 짙은
안개로 둘러싸일 거야. 하지만 강당 바깥보다는 훨씬 적
을 거고, 더군다나 강당 안에 사람들이 많으면 안개는 훨

씬 더 적어지겠지. 그러니까 졸업식 날이야말로 교장 선생님을 제대로 볼 수 있는 절호의 기회인 거지.

마침내 기다리던 졸업식 날이 왔어. 강당에 들어서기 전, 아이들은 교장 선생님을 보고 싶은 마음에 한껏 기대에 부푼 표정들이었지. 저마다 교장 선생님이 자기가 상상한 모습과 가장 많이 닮았기를 바라고 있어.

심지어 졸업하는 형, 누나들과 헤어지는 슬픔보다 교장 선생님을 드디어 볼 수 있다는 기쁨이 더 컸다니까.

드디어 보이지 않는 교장 선생님이 모습을 드러내고, 모두의 눈앞에 서기 직전이야. 교장 선생님은 더 이상 그림자처럼 흐릿하지도 않고, 목소리만 있고 형체는 없는 메

아리도 아니게 되겠지.

궁금증이 곧 풀릴 거란 생각에 웅재는 가슴이 콩닥콩
닥 뛰었어.

그런데 이게 무슨 일이람? 안 그래도 높은 단상 위에
높은 교탁이 놓여 있지 뭐야. 게다가 높은 교탁 위에는
커다랗고 넓적한 꽃다발까지 놓여 있었어. 교장 선생님의
검은 머리카락이 꽃다발 뒤로 보일 듯 말 듯 해. 웅재가
본 교장 선생님의 모습은 그게 다였어.

여전히 교장 선생님의 목소리만 사방으로 퍼져 나가고
있었지.

그런데 말이야, 사실 웅재가 모르는 게 하나 있어. 늘
화단에서 꽃에 물을 주는 사람, 이따금 쭈그리고 앉아 흙
을 골고루 섞고 비료를 주는 사람이 바로 교장 선생님이
라는 사실을 말이야.

어떨 때는 웅재가 웃고 떠들면서 교장 선생님을 지나
친 적도 있어. 또 웅재가 찬 공이 교장 선생님의 머리를
맞힌 적도 있지. 술래잡기를 하다가 교장 선생님과 정면
으로 부딪친 적도 있어.

하지만 웅재는 내내 모르고 있어. 작고 마른 체격에 언

제나 운동복을 입고 울타리 앞에 쭈그리고 앉아 잡초를 뽑는 사람, 달리기 시합 때마다 출발 신호총을 쏘는 사람이 바로 어디에도 없는 학교의 보이지 않는 교장 선생님이라는 걸 말이야.

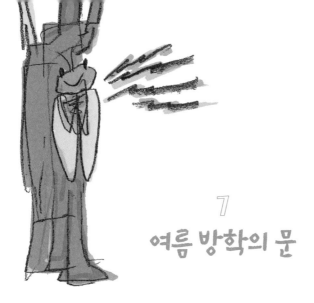

7
여름 방학의 문

가자! 여름 방학의 문이 활짝 열리면 웅재가
우리를 데리고 '여름 방학 산골짜기'를 탐험할 거야.

찾을 수 없는 산에 여름이 찾아왔어.

웅재는 졸업식에서 결국 교장 선생님을 보지 못해서
조금 실망했지만, 그래도 여전히 즐거웠어. 가을에 새 학
기가 시작되는 어디에도 없는 학교에서는 졸업식이 끝나
면 여름 방학이 오니까!

어디에도 없는 학교의 정문을 지나 안으로 들어서면
나무로 만든 이정표들이 보여. 갈림길에서 방향을 알려
주는 표지판인데, 이런 글자들이 새겨져 있지. 교실, 교
무실, 대관람차 도서관, 파도 미끄럼틀, 꼭대기로 통하는
계단…….

학교가 그리 넓지 않아서 어디가 어딘지 한눈에 알 수

있지만, 그 이정표들은 비가 오나 바람이 부나 늘 제 할 일을 하고 있어. 한 번도 자리를 뜬 적이 없지.

졸업식이 끝나면 웅재는 다른 친구들처럼 날마다 '여름 방학'이라고 새겨진 이정표를 따라 달려가서 여름 방학의 문이 열렸는지 살펴볼 거야.

'여름 방학'으로 들어가는 나무문에는 큼지막한 글자들이 가로막고 있어서 아무도 들어갈 수 없어.

하지만 졸업식이 끝나고 진짜로 여름이 오면 그 글자들은 다정하고 친절해져.

'개장 예정. 기대해 주세요.'

여름 방학의 문이 곧 열리려고 해!

웅재는 그 문이 오랫동안 닫혀 있다가 한 번씩 열린다는 것을 알고 있어. 어디에도 없는 학교에 다닌 4년 동안 그 문이 열리는 걸 딱 세 번 봤거든.

환호와 비명, 떠들썩한 웃음소리. 나무로 만든 여름 방학의 문 뒤에는 즐거움이 끝도 없어. 털보 아저씨의 통나무 비행선을 타고 물이 불어난 여름 개울을 내달리는 재미도 빼놓을 수 없지.

더운 여름, 통나
무 비행선에서 물로
뛰어들면 차가운 개
울물이 시원하게 느
껴져.

다람쥐, 원숭이,
새, 양 떼, 그리고 달이
떠오르면 손을 뻗어서 잡
을 수 있는 반딧불이까지.
여름 방학의 문 뒤에는 놀라
움이 가득 숨어 있어.

한 번은 웅재가 여름 방학
의 문이 열렸는지 살피고 있
을 때, 털보 아저씨가 통
나무 비행선에 아이들
을 태우고 문 안으
로 들어간 적이 있
었어.

아직 여름 방학

의 문이 열리기 전이었지. 웅재, 건우, 현도는 잠시도 머뭇
거리지 않고 들어가 여름 방학 산골짜기 끝으로 가 봤어.
숲속 땅바닥, 수북하게 깔린 나뭇잎 아래에는 오랫동안
만나지 못했던 친구들이 있었어.

"역시 보드랍고 말랑말랑해. 올해는 몇 마리나 될까?"

웅재가 들고 있던 양동이를 내려놓고 바닥을 살포시
파헤쳐 보다가 환호성을 질렀어.

"애벌레야, 너희를 보러 왔어!"

웅재의 손바닥 위에 있는 흙 한 줌에 장수풍뎅이 애벌
레 한 마리가 들어 있었어!

"걱정하지 마. 널 해치지 않을게."

　잠이 덜 깬 듯한 애벌레는 다시 흙 속을 비집고 들어
갔어.

　아이들은 쌓여 있는 검은 흙을 손으로 조심스럽게 파
보았어.

　"이것 봐!"

　건우가 움켜쥔 흙 속에도 장수풍뎅이 애벌레 서너 마
리가 숨어 있었어.

　"여기도 있어. 정말 많다!"

　"장수풍뎅이다!"

　웅재가 갑자기 소리를 질렀어. 진짜 장수풍뎅이를 발견
한 모양이야.

　"와! 여기도!"

아이들은 서로가 외치는 소리에 신경을 쓰지 않았어. 귀여운 장수풍뎅이들이 곳곳에 있었으니까.

웅재는 '여름 방학 산골짜기'의 낙엽 더미 위에서 잠을 자면서 장수풍뎅이와 친구가 되는 꿈을 꾸었지.

아이들은 양동이가 가득 채워질 때까지 흙을 팠어. 개울가로 가서 손을 씻으면서 물장난도 쳤어.

그다음에는 숲속의 '찾을 수 없는 아이스크림 가게'로 향했어.

"난 '찾을 수 없는 버블티' 하나."

"난 '찾을 수 없는 팥죽' 하나."

"난 '찾을 수 없는 아이스티'."

산골짜기에 있는 '찾을 수 없는 아이스크림 가게'는 오직 여름 방학에만 문을 열어.

아이들은 여기에서 파는 '찾을 수 없는 버블티' 속에 '찾을 수 없는 타피오카 펄'이 들어 있다는 걸 알고 있어. 하지만 가게에 처음 온 아이들은 사장님한테 이렇게 묻곤 하지.

"근데 타피오카 펄이 안 보이는데요?"

팥죽에서 팥을 '찾을 수 없어도' 놀라지 마. 아이스티
안에 얼음이 없는 것도 이상한 일은 아니지. 여기는 '찾을
수 없는 산'이잖아. '찾을 수 없는 아이스크림 가게' 말고
다른 가게는 찾을 수도 없어.

타피오카 펄이 있거나 없거나 시원한 음료만 있으면
충분해. 여름 방학의 문이 열리면 여름 방학 산골짜기는

엄청나게 붐빌 거야.

　모두 시원한 음료와 양동
이를 들고 다닐 여름 방학이
곧 시작돼. 책은 던져 두고 여름 방학 산골짜기로 가서 완
벽한 여름을 즐기자!

8
슈팅 기계의 봄날

깊고 오래된 여름 방학 산골짜기에서
슈팅 기계는 자신을 알아주는 친구를 만났어.

슈팅 기계는 처음 여름 방학 산골짜기에 오던 날을
잊을 수 없어.

그날 정오쯤, 슈팅 기계는 안절부절못하는 농구공 세
개와 함께 트럭에 실려 딜컹거리면서 찾을 수 없는 산으
로 왔지.

슈팅 기계는 줄곧 산 밑에 있는 도시의 휘황찬란한 네

온 불빛 아래서 살았어. 그때는 대여섯 개가 넘는 아기 농구공을 데리고 있었지. 비록 여기저기 떠돌아다녔지만, 가는 곳마다 사람들의 뜨거운 환영을 받았어.

하지만 이렇게 깊고 깊은 산골짜기는 슈팅 기계도 처음이었어. 슈팅 기계는 갈수록 높아지는 산길을 보면서 왠지 쓸쓸한 기분이 들었어.

슈팅 기계는 이제 더 이상 사람들의 사랑을 받을 수 없을 거라고 생각했어. 나이도 많은데다가 툭하면 동전이 걸리거나 농구공이 떨어지지 않거나 하는 문제가 생겼거든. 어떨 때는 연달아 골대로 날아드는 농구공들의 점수를 매기는 일도 까먹곤 했지.

실수할 때마다 슈팅 기계는 사람들에게 한바탕 얻어맞았어. 조금이라도 기계에 문제가 생기면 어른이나 아이

할 것 없이 슈팅 기계를 때렸어.

그중에서도 가장 억울한 건, 공 던지는 재주가 별로 없어서 숏을 잘 넣지 못하는 사람까지 괜히 기계 탓을 하면서 자신을 때린다는 거였어.

슈팅 기계는 낡은 트럭에 실려서 가는 동안 여태껏 겪어 본 적 없는 강렬한 햇빛을 견뎌야 했어. 게다가 찾을 수 없는 산의 산길은 너무 구불구불하고 울퉁불퉁해서 부품들이 몽땅 떨어져 나갈 것처럼 심하게 덜컹거렸지.

슈팅 기계는 눈을 가늘게 뜨고 머리 위의 뜨거운 태양을 바라보았어. 그리고 자기 몸에 딱 달라붙어 있는 낡은 아기 농구공 세 개도 쳐다보았어. 그중 하나는 나중에 추가된 거야. 늘 함께했었던 나머지 농구공들은 지금 어디에 있는지도 몰라.

슈팅 기계는 그렇게 찾을 수 없는 산의 여름 방학 산골짜기로 왔어. 그 뒤로 산골짜기 숲속에서 길고 긴 수리 기간을 보냈지.

그러던 어느 날 아침, 골대 안으로 공 하나가 갑자기 날아들어 그를 깨웠어. 그 뒤로 모든 것이 달라졌어.

슈팅 기계는 아주 오랫동안 쉬고 있었지만, 공이 날

아들자 본능적으로 점수를 세었어.

"2점."

점수 전광판이 제대로 켜지지 않아서 무척 속상해 하면서 말이야.

공을 던진 건 웅재였어. 웅재는 슈팅 기계가 속상해 하는 걸 알아차리지 못했어. 오히려 잔뜩 흥분해서는 친구들과 함께 슈팅 기계 주위로 몰려들었지. 웅재는 마치 보물이라도 발견한 것처럼 슈팅 기계를 이리저리 만져 보며 환호성을 질렀어.

"진짜 끝내준다!"

"올해 여름 방학 산골짜기는 완전 최신식이야!"

"학교에 있는 농구장보다 더 재미있잖아."

"그러니까. 이것 봐. 공이 세 개나 있어. 정말 완벽해."

"우리 시합하자!"

슈팅 기계는 환호성을 듣고 깜짝 놀랐어. 아이들 목소리에 흥분과 기대가 가득했거든.

슈팅 기계는 곧바로 정신을 가다듬고 제대로 일할 준비를 했어.

하지만 음악도 안 나오고, 점수 계산도 안 되고, 벨 소리도 나지 않고, 공 바구니도 없었지. 슈팅 기계는 아이들에게 고마움을 어떻게 보답해야 할지 몰랐어.

하지만 그건 전혀 상관없었어! 웅재와 친구들이 슈팅 기계를 빙 둘러싸고는 알아서 척척 할 일을 나눴거든. 한 사람이 공을 던지면, 다른 한 사람이 시간을 재고, 나머지 한 사람이 점수를 매기기로 한 거야.

"첫 번째 게임 통과 점수를 60점으로 하자, 어때?"

"1분에 60점? 그건 너무 어려워!"

"좋아. 그럼 50점?"

"그래. 통과하면 두 번째 게임에서는 30초 더 주는 거다."

"대신 두 번째 게임에서는 80점을 얻어야 세 번째 게임에 갈 수 있어!"

규칙이 모두 정해지고 시합이 시작됐어. 슈팅 기계는 자신에게 또다시 이런 기회가 올 거라고는 상상도 못 했어.

"들어갔다!"

"첫 번째 게임 통과!"

"대단해!"

공이 골대를 통과할 때마다 슈팅 기계의 심장은 마구 뛰었어. 슈팅 기계는 농구공 세 개를 슬쩍 쳐다보았어. 모두 아이들과 함께 신나서 통통 뛰고 있었지.

"이건 하늘이 우리에게 보내 준 선물이야!"

웅재는 슈팅 기계를 쓰다듬으며 이렇게 말했어.

"맞아, 어쩜 이런 걸 보내셨을까?"

웅재와 친구들은 그날의 최고 기록을 머릿속에 기억해 두었다가 날마다 그 기록과 비교하며 시합했어.

찾을 수 없는 산의 여름 방학 산골짜기에 슈팅 기계가 새로 생겼다는 소문은 금방 퍼져 나갔고, 곧바로 수많은 아이가 찾아와 북적였어. 주인도 없고 돈도 받지 않는 슈팅 기계 덕분에 아이들은 모두 즐거웠어.

울창한 숲 사이로 여름날의 태양이 슈팅 기계의 마음

을 따뜻하게 비춰 주었어. 슈팅 기계는 조금 더웠지만 그
어느 때보다 행복했어.

봄에 나무에서 싹이 피고 잎이 자라나듯 슈팅 기계는
다시 봄날을 맞이했어. 아주 행복한 봄날을 말이야.

9
여름 방학 수칙

지난 학기 교과서를 모두 버린다고?

잠깐! '여름 방학 수칙'은 빼 두자. 그건 버리면 안 되거든.

'여름 방학의 문'이 마침내 열렸어.

문은 너무 오랫동안 닫혀 있었던 탓에 열기 힘들 정도로 뻑뻑해. 하지만 잔뜩 신이 난 웅재와 아이들은 힘을 모아 여름 방학의 문을 활짝 열었지.

여름 방학은 하루 1분 1초가 너무 소중해서 조금도 낭비할 수 없어.

웅재는 우선 가방을 깨끗이 빨아서 햇볕 쨍쨍한 날, 밖에 내다 걸었어. 그런 다음 지난 교과서, 다 끝낸 숙제들, 오래된 연락처, 그리고 망친 시험지들을 몽땅 모아서 모아 아저씨에게 보냈지. 모아 아저씨는 재활용을 수거하거든.

그런데 조심해야 할 게 있어. 그건 선생님이 말한 첫 번째 '여름 방학 수칙'이야.

여름 방학 숙제, 선생님이 나눠 준 여름 방학 수칙, 사전, 그리고 선생님 연락처는 절대로 버리지 말 것.

여름 방학이 시작되었으니 신나게 놀아야지! 홀쭉해진 책가방은 마치 본격적으로 노는 시간이 되었다고 선언

하는 듯해.

여름 방학은 공부와 관련된 모든 걸 잠시 내던져 두는 때니까. 웅재는 하마터면 책가방과 필통까지 내다 버릴 뻔했지. 엄마 아빠가 혼내지 않았다면 말이야.

웅재는 책가방 정리를 끝내고 자명종 시계에 건전지를 넣었어. 학교 갈 때보다 더 일찍 일어나야 하루 종일 신나게 놀 수 있거든.

웅재는 아마 자명종보다 먼저 깰지도 몰라.

더 일찍 일어나는 것보다 더, 더 일찍 일어나는 거지. 여름 방학은 실컷 노는 때니까. 털보 아저씨는 스스로 일어나기 힘들어하니까 일찍 찾아가서 깨워야겠지?

날이 밝기도 전에, 털보 아저씨네 집 앞에는 통나무 비행선을 타고 여름 방학 산골짜기로 들어가려는 아이들이 줄을 서서 기다리고 있어.

그냥 걸어가도 되지만 다들 털보 아저씨의 통나무 비행선을 타려고 해.

선생님이 말한 두 번째 '여름 방학 수칙' 때문이었지.

혼자 물놀이를 하지 말 것. 반드시 어른과 함께 할 것.

웅재와 친구들은 털보 아저씨가 귀찮아 하며 양치도
안 하고 세수도 하지 않은 얼굴로 나타날 때마다 이 두
번째 여름 방학 수칙을 말해 줬어.

"근데 이 말은 '반드시 가족과 함께 할 것'이라고 바꿔
야 해."

털보 아저씨는 못 말리겠다는 듯 괜히 투덜거렸어.

"하지만 엄마 아빠는 그럴 시간이 없잖아요."

"그래도 너희, 이렇게 일찍 찾아오지 마!"

그러면 웅재와 친구들은 세 번째 '여름 방학 수칙'을
들려줘.

"선생님이 그랬어요. 여름 방학에는 '시간을 아껴 쓸
것, 일찍 자고 일찍 일어날 것, 밥은 제때 먹을 것.'이라

고요."

"혹시 '잠도 충분히 잘 것'이란 말은 없니? 너희 같은 아이들은 잠이 모자라면 안 돼."

"충분해요, 충분하다고요! 우린 일찍 자거든요. 게다가 일찍 놀아야 '밥을 제때 먹을 것' 아니에요."

"맞아요. 얼른 가요, 아저씨."

아이들은 통나무 비행선을 타고 여름 방학 산골짜기로 들어갔어. 그리고 개울가에서 콧노래를 부르며 지렁이를 잡았지. 집으로 돌아가 아침밥을 먹은 뒤에는 다시 산골짜기로 들어가 낚시하고 올챙이를 잡았어.

점심을 먹고 나서는 나무를 타기도 하고 튼튼한 나뭇가지에 누워 이야기를 나누거나 책을 읽었어. 배가 고프면 산골짜기에 열린 머루나 오디 같은 열매를 따 먹기도 했어.

네 번째 '여름 방학 수칙'은 '교과
서가 아닌 책을 매일 읽어 볼 것'인데, 웅
재는 날마다 수칙을 잘 지켰어.

해가 지면 웅재는 자전거를 타고 느긋하게
산길을 돌아다녔어. 저녁을 먹은 뒤에는 다 함께
메뚜기랑 반딧불이도 잡았지. 집으로 돌아와서 시원
하게 목욕하고 나면 드디어 하루가 끝나.

찾을 수 없는 산에는 학원이 없어. 그 대신 여름 방학
에는 지칠 때까지 실컷 놀아야 해.

그러다가 첫 번째 노란색 단풍잎을 줍는다면, 그건 여
름 방학의 문이 곧 닫힌다는 신호야.

6학년이든 1학년이든 모든 아이들은 여름 방학 산골
짜기 문이 닫히기 전에 작별 인사를 해야 해.

그리고 그때 여름 방학 수칙을 다시 꺼내서 확인해 봐
야 해.

다섯 번째 '여름 방학 수칙'이 있거든.

여름 방학 숙제를 열심히 할 것.

여름 방학 숙제를 끝낸 후에는 양동이 속 장수풍뎅이
들을 여름 방학 산골짜기로 돌려보내 줘야 해.

그리고 자명종 시계 배 속에 넣었던 건전지를 꺼내지.
그렇게 하면 진짜로 여름 방학이 끝나. 이제는 그렇게 일
찍 일어나지 않아도 돼.

하지만 마지막 '여름 방학 수칙'
이 남았어.

**개학 날 까먹지 말고 제시간에 등
교할 것. 그렇다고 너무 일찍 오지는
말 것.**

　절대 잊을 수 없는 날들이 지나고 여름 방학의 문이 서서히 닫히기 시작해. 이제 문은 열 달쯤이 지나야 다시 열리겠지. 내부 수리를 하는 동안 여름 방학 산골짜기는 조금 심심해질 거야.

　그러니까 잊지 마. 개학 전에는 반드시 그 문을 나와서 제시간에 등교해야 한다는 걸 말이야.

10
골동품 할아버지

새 학년 새 학기, 튼튼하게 수리된 의자에
앉을 때마다 웅재는 골동품 할아버지를 떠올렸어.

긴 여름 방학을 보내고 어디에
도 없는 학교로 돌아온 웅재는 키
가 훌쩍 자라 있었어.

키가 크면 책상과 의자를 새로
바꿔야 해.

어디에도 없는 학교에는 오래돼서 낡고 높낮이가 제멋대로인 책상과 의자들이 아주 많이 있어.

아주 먼 옛날, 할아버지와 할머니가 쓰고 아빠와 엄마도 썼던 책상과 의자들은 학생들이 졸업해서 학교를 떠난 후에도 학교에 그대로 남았지.

그렇게 다음 세대로 계속 물려주다 보니, 어디에도 없는 학교의 책상과 의자들은 모두 나이가 많아.

하지만 오래돼서 낡은 것 빼고는 흠잡을 데가 전혀 없어. 오히려 미끄럼틀처럼 매끄러운 윤기가 흘렀지. 왜냐고? 어디에도 없는 학교에는 책상과 의자를 수리해 주는 골동품 할아버지가 계시거든.

골동품 할아버지는 낡고 고장

난 책상과 의자를 책임지고 돌보셔. 골동품 할아버지의 진짜 이름은 뭘까? 성이 '골'씨일까? 사실 골동품 할아버지의 이름을 궁금해하는 사람은 아무도 없어. 왜냐하면 할아버지를 보고 있으면 정말로 오래된 골동품 그 자체를 보고 있는 것 같거든.

"너희가 할 일은 아이들이 편하게 공부할

수 있도록 도와주는 거야. 좀 힘들더라도 참아."

골동품 할아버지는 오래된 책상과 의자에게 늘 이렇게 부탁했어.

"이봐, 골동품 영감! 그거 알아? 올해 내가 앉혔던 녀석은 잠시도 궁둥이를 가만히 두지 않았어. 애벌레처럼 계속 꼼지락거리지 뭐야. 녀석 때문에 내 뼈 하나가 자꾸만 비틀어졌어."

한 의자가 불만을 터뜨렸어.

"비틀어진 건 내가 다시 고쳐 줄게. 넌 그냥 아이들이 얌전히 수업받을 수 있게만 해 줘."

널빤지 하나가 없어지거나 다리가 휘거나 가로 지지대가 부러진 책상과 의자도 있었어. 하지만 어떤 문제도 문제가 되진 않았지. 골동품 할아버지가 뚝딱뚝딱 손보면 금방 멀쩡해졌거든.

"골동품 영감, 좀 살살해 주면 안 돼?"

거의 부서지기 직전에 할아버지한테 온 의자가 말했어. 골동품 할아버지는 의자를 이리저리 두드리면서 예전 모습을 되찾게 해 주려고 노력했어.

누가 젊음을 싫어하겠어? 그래서 책상과 의자들은 골

동품 할아버지를 무서워하면서도 좋아해.

"아야! 골동품 영감, 좀 살살해. 내 말 못 들었어?"

골동품 할아버지가 그 말을 못 들었을 리 없지. 그런데 살살하면 제대로 고칠 수가 없잖아.

"편하게 공부할 수 있도록 해 줘도 아이들은 고마운 줄도 모르고 이렇게 장난을 친다니까."

"맞아! 내 다리를 좀 봐. 지난달에 한 번 부러졌는데 이번 달에 또 부러졌어. 이러다간 영영 못 쓰게 될지도 몰라."

"그래도 아이들이 믿고 의지하니까 힘들어도 끝까지 버텨. 알았지?"

골동품 할아버지와 책상, 의자들은 나이가 비슷해. 모두 다 골동품이지.

나이가 들면 여기저기 아픈 곳이 생겨. 한번은 골동품 할아버지가 병이 나서 책상과 의자를 수리할 수 없었어.

낡은 책상과 의자들은 슬퍼해야 할지 기뻐해야 할지 몰랐지.

수리받지 못한 책상과 의자들이 하루가 다르게 늘어나 낙엽처럼 쌓여 갔어.

그중에는 등받이 쪽 나무 지지대가 부러진 의자가 하나 있었어. 그 의자는 고장 난 뒤로 여러 날 동안 수리되기만을 기다리고 있었지. 옆에는 제대로 서 있지도 못하는 책상이 하나 있었어. 그 책상도 골동품 할아버지를 애타게 기다렸지.

"너, 좀 똑바로 서 있으면 안 돼? 자꾸 그렇게 나한테

기대야겠어?"

　의자가 기분 나빠하면서 말
했어.

　책상은 의자에 기대지 않
으려고 애를 썼지. 그러다
가 그만 중심을 잃고
는 "쿵!" 하며 쓰러졌
어. 그 바람에 책상은
의자를 더 누르게 되
었어.

　의자는 무거워
서 어쩔 줄 몰랐

어. 책상은 다시 일어나려고 버둥거렸어.

"됐어, 그만둬. 자꾸 움직이지 말고 그냥 가만히 기대고 있어."

의자가 인상을 찌푸리며 말했어.

할아버지의 손길이 필요한 책상과 의자들은 그렇게 점점 쌓여 갔어. 그러는 동안 아이들의 수업도 점점 엉망이 되어 갔어.

"내 의자는 언제 와?"

"그건 네가 망가뜨린 거잖아. 이것 봐. 내 건 도저히 못 쓰겠어."

"내 의자는 나무판 하나가 빠져서 오래 앉아 있으면 너무 아파."

"내 책상은 발을 놓을 데가 없어서 불편해."

어디에도 없는 학교의 아이들은 그제야 깨달았어. 책상과 의자가 얼마나 중요한지 말이야. 꽤 긴 시간이 흐른 뒤에 드디어 골동품 할아버지의 병이 나았어.

"영감이 다시 안 왔다면 내가 책상 다리가 될 뻔했어!"

책상에 깔려 있었던 의자는 그제야 마음을 놓았어.

골동품 할아버지는 커다란 망치를 꺼내더니 못 하나 쓰지 않고 부러진 의자와 책상을 뚝딱뚝딱 고쳤어.

'휴, 무거운 책상을 드디어 떠나보내는군!'

낡은 의자는 안도의 한숨을 내쉬었지.

"명심해! 아이들이 편안하게 공부할 수 있도록 도와줘야 해!"

골동품 할아버지는 교실로 돌아가는 책상과 의자에게 당부하는 것을 잊지 않으셨어.

그런데 문득 골동품 할아버지는 책상과 의자들을 다 고치고 나서 깨달았어. 예전에 비해 심하게 부서진 책상과 의자들이 별로 없다는 사실을 말이야. 덕분에 할아버지의 일도 많이 줄어들었지.

골동품 할아버지는 그 이유를 알 수 없었지만 기분이

무척 좋았어. 오랜 친구 같은 녀석들을 망치로 두드릴 필
요가 없어졌으니까.
　웅재도 골동품 할아버지의 수고를 아는지, 항상 의자
에 바르게 앉았어.

11
미로 마라톤

짙은 안개 속에서는 심판을 보는 선생님도 길을 잃지.

선수 웅재는 과연 자기만 아는 '완벽한 코스'로

우승을 차지할 수 있을까?

어디에도 없는 학교의 거대한 대관람차 도서관 아래에
는 조그마한 운동장이 있어.

운동장 바깥쪽으로는 달리기 트랙이 빙 둘리어 있어.
그 트랙은 폭이 좁고, 곳곳에는 귀뚜라미와 통통한 메뚜
기들이 숨어 있어.

어디에도 없는 학교의 아이들은 트랙에서 귀뚜라미와 메뚜기 잡는 것을 좋아해. 그 위를 달리는 것은 별로 좋아하지 않았어.

트랙 대신 찾을 수 없는 산의 구불구불한 산길을 즐겨 달렸지.

찾을 수 없는 산은 공기가 무척 좋아. 자동차가 거의 다니지 않거든. 산길을 달리다 보면 구불구불한 산길 사이사이에서 엄마, 아빠, 삼촌, 숙모, 이모, 고모가 일하다가 달리는 아이들을 응원해 줘. 그래서 마라톤 이야기가 나오자 모두 눈을 번쩍 떴어.

마라톤 시합이 또 열린다!

올해 마라톤 코스는 학교에서 출발해서 산꼭대기에

있는 900년 된 소나무까지 갔다가 돌아오는 거야. 학교 안 어디서든 고개를 들면 산꼭대기에 있는 오래된 소나무가 보여. 소나무 아래에는 심판을 보는 선생님이 '반환점' 카드를 들고 있는데 그걸 받아서 다시 학교로 돌아오면 돼.

매우 간단해 보이지만 막상 하려면 쉽지 않을 거야.

학교에서 그 소나무까지 가는 가장 짧은 거리는 당연히 일직선으로 똑바로 가는 거겠지. 그러려면 하늘로 날아가거나 밧줄이라도 연결해서 그걸 타고 올라가야 해.

하지만 그건 너무 비현실적인 방법이잖아. 그래서 어디에도 없는 학교의 아이들은 저마다 연필과 종이를 들고 진지하게 고민했어.

'저 많은 산길 중에 어디로 가야 제일 빠르고 편할까?'

마라톤 코스는 해마다 달라. 이번에는 어떤 길이 제일 가까울까? 이건 어디에도 없는 학교의 아이들과 웅재에게 주어진 시험이자 이번 마라톤 시합의 승패를 좌우하는 열쇠야.

웅재는 시간을 재어 보기도 하고 걸음 수를 세어 보기

도 하면서 미리 여러 코스를 살펴보았어. 물론 웅재의 아빠와 엄마도 따로 생각해 둔 코스가 있었지. 웅재의 할아버지까지 나서서 자신이 생각한 길이야말로 '환상적인 지름길'이라고 주장했어.

다행히 찾을 수 없는 산에 사는 아이들은 모두 뛰어난 방향감각을 타고났어. 머릿속에 나침반을 하나씩 두고 감각에 따라서 자기만의 길을 찾아 두었지. 아이들이 미리 코스를 살펴보고 간 흔적이 찾을 수 없는 산의 산길 여기저기에 남았어.

마침내 시합 날, 출발을 알리는 신호총 소리가 짙은 안개를 뚫고 울렸어. 키가 크고 작은 선수들이 운동장에서부터 뿔뿔이 흩어져 저마다의 지름길로 달리기 시작했어.

아이들은 모두 자신이 고른 길이 제일 정확하다고 믿고 있지.

갈림길 위치를 정확히 기억하고, 갈증을 풀어 줄 샘물도 잘 챙겼다면 오래된 소나무까지는 그리 멀지 않을 거야.

"자신 있게 앞으로 달려!"

선생님들은 아이들을 응원했어. 느릿느릿 선생님은 이

렇게 말했어.

"처음부터 너무 무리하지 말고 체력을 유지하면서 천천히 가. 끝까지 달리는 게 중요해!"

'가자!'

웅재는 붉은 머리띠를 두르고 짙은 안개 속을 내달렸어. 웅재와 한 팀이 된 붉은 머리띠는 웅재의 이마에서 흘러내리는 땀을 열심히 빨아들였어. 그리고 웅재가 미리 꼼꼼하게 짜 둔 '완벽한 코스'를 내내 함께 달렸지.

오래된 소나무 아래에서 받을 수 있는 황금색 반환점 카드는 마라톤 영웅의 상징이야. '1등'이라고 적힌 반환점 카드가 저 앞에서 웅재를 부르고 있어.

"그런데 잠깐! 이게 어떻게 된 거지?"

첫 번째로 소나무 아래에 도착한 웅재는 의아한 표정으로 사방을 두리번거렸어.

"반환점 카드가 없네? 심판

선생님도 안 계시고?"

웅재가 도착하고 한참이 지난 후에 두 번째 아이가 도착했어. 그 뒤로 세 번째, 네 번째 아이도 차례대로 도착했어. 도착한 아이들은 줄줄이 물었지.
"왜, 다들 가만히 있는 거야?"

해님이 머리를 긁적이며 오래된 소나무를 비스듬히 비췄어. 해님도 심판 선생님이 어디에 계시는지 몰랐어.
"우리가 뭘 잘못 알았나?"
결국 마라톤 시합에 참여한 어디에도 없는 학교의 모든 아이들이 산꼭대기 소나무 아래에 모였어.

바로 그때, 저 멀리 산길에서 조그마한 그림자가 하나 보였어. 짙은 안개 속에서 누군가가 열심히 자전거를 타고 오고 있었지. 그 모습을 본 아이들이 소리쳤어.
"심판 선생님! 우리 여기 있어요!"
사실 심판 선생님은 찾을 수 없

는 산에서 자라지 않았어. 처음에 선생
님은 자전거를 타면 달리는 아이들보
다 빠를 거라고 생
각했어. 산길도 별
로 복잡해 보이지
않아서 산꼭대기

를 향해서 무조건 올라가다 보면 소나무에 먼저 도착할 거라고 생각한 거야.

아이들처럼 산길을 미리 살펴보지 않았던 선생님은 출발한 후에 깨달았어. 산꼭대기로 가는 길이 열 가지도 넘는다는 것을, 그리고 모든 길이 옳은 길처럼 보인다는 것도 말이야.

아이들은 아래를 내려다보며 심판 선생님에게 길을 알려 주었어. 선생님이 땀을 뻘뻘 흘리면서 마침내 산꼭대기 소나무에 도착하자, 아이들은 손뼉을 치며 모두 기뻐했어.

그럼, 이제 마라톤 시합을 다시 시작해야겠지! 아이들은 한꺼번에 학교로 내달렸어. 승부는 지금부터 가려질 테니까.

그런데 아이들은 모두 꾀를 부려 웅재의 뒤를 따라 달

렸어.

"따라오지 마!"

웅재가 자신을 따라오는 아이들을 보며 말했어. 그중
에는 심지어 심판 선생님도 있었어.

"그러니까 누가 너더러 일등 하래?"

산 아래 학교로 돌아가는 길은 그렇게 모두 함께 달
렸어.

12
기다리는 오두막

여기는 덤벙대는 아이들이 잃어버린 물건들을
지켜 주는 곳이야.

"큰일 났다. 내 지우개가 없어졌어!"
"기다리는 오두막에 가서 찾아보자!"
어디에도 없는 학교의 게양대 옆에는 느티나무가 우뚝
솟아 있어. 그 아래에는 오두막이 하나 있는데, 어디에도
없는 학교의 학생이라면 그곳이 주인을 '기다리는 오두막'
이라는 것을 잘 알고 있어.

기다리는 오두막 안으로 들어가면 마치 잡화점에 온 듯한 느낌이 들 거야. 냄새나는 도시락, 휘어진 안경, 물기 묻은 비옷과 장화, 그리고 아직 이름을 쓰지 않은 새 교과서와 공책. 심지어 1,000원짜리 목걸이와 자물쇠를 채운 일기장, 인형, 야구 글러브도 있어.

그 물건들은 기다리는 오두막에서 하루, 또 하루, 일주일 그리고 또 일주일을 꼬박 기다려. 잃어버린 주인이 자신을 데리러 올 때까지 차분히 기다리고 있지.

건망증이 심한 웅재는 툭하면 물건을 잃어버렸어. 웅재의 물건들은 기다리는 오두막의 단골손님이 되었어.

"이렇게 많은 지우개가 어쩌다가 여기에 온 거지?"

오두막 안의 문구 코너에서 지우개가 잔뜩 들어 있는 상자를 들여다보며 웅재가 말했어.

"다들 잘 챙기지 않아서 그래."

웅재와 함께 온 건우가 지우개 대신 대답했어.

기다리는 오두막은 날마다 문을 활짝 열고 물건을 찾으러 오는 아이들을 맞이해.

하지만 결과는 영 신통치 않았어. 자기가 물건을 잃어버린지도 모르는 아이들이 더 많았거든.

그래서 기다리는 오두막에서는 물건의 주인을 찾아 주

기 위해서 한 달에 한 번씩 '무조건 주인 찾기' 행사를 열어. 그러면 주인을 잃어버린 물건들이 오두막에 계속 쌓이는 일은 없으니까.

매달 마지막 날은 바로 행사가 열리는 날이야. 그날이 되면 절대로 거스름돈을 주지 않는 매점 아주머니가 매점 문을 닫고 기다리는 오두막으로 오지.

매점 아주머니는 오두막 안에서 얌전히 주인을 기다리는 물건들을 상자에 담아 밖으로 옮겼어. 그러고는 마치 물건을 파는 노점을 차리듯 상자들을 줄지어 놓았어.

"조금만 기다려. 곧 너희 주인들이 나타날 거야!"

매점 아주머니는 상자를 옮기면서 물건들을 달랬어.

"아주머니가 물건들을 내놨어!"

오전 열 시가 되자 시끌벅적한 소리가 어디에도 없는 학교 전체에 울려 퍼졌어. 전교생들은 얼른 오두막으로 달려가야 한다는 걸 알았지. 어쩌면 잃어버린 자기 물건이 그곳에 있을지도 모르니까.

웅재는 절대로 거스름돈을 주지 않는 매점 아주머니가 마술사처럼 상자에서 이런저런 물건을 꺼내는 모습을 구경하는 것을 좋아해. 그 순간에는 모든 아이가 아주머

니를 집중해서 쳐다봐.

매점 아주머니가 캐릭터 그림이 그려진 파란색 가방을 상자에서 꺼내자, 아이들이 "우아!"하고 소리를 질렀어.

"이 녀석은 오두막에서 일주일도 넘게 주인을 기다리고 있어."

아주머니가 말했어.

"이 녀석 배 속에는 도시락통도 하나 들어 있는데, 지금 이 뚜껑을 열면 냄새 때문에 모두 달아나고 싶어질 거야."

매점 아주머니가 도시락 가방을 꺼내 보이며 덧붙였지.

그때 어떤 1학년 학생이 용감하게 손을 들었어.

"그거 제 거예요."

도시락 가방에 적혀 있는 자기 이름을 발견한 모양이야. 이름이 흐릿하게 남아 있었지만, 주인이니까 알아볼 수 있었지.

그러자 주위에서 박수 소리가 터져 나왔어. 파란색 도시락 가방은 주인을 찾아서 매우 기뻤어.

"그럼, 이제 이걸 보자. 이 체육복은 누구 거지?"

아주머니가 체육복 티셔츠를 들어 올리며 말했어. 그러면서 특별한 표시가 있는지 티셔츠를 요리조리 살펴보았어.

웅재는 그 옷을 보자마자 금방 알아챘어. 바로 며칠 전에 잃어버린 체육복이었어. 웅재는 조금 부끄러웠지만 제대로 확인해 보려고 앞쪽으로 다가갔어.

"아, 너구나. 웅재. 넌 왜 맨날 물건을 흘리고 다니니?"

매점 아주머니는 아무리 아이라도 절대로 봐주지 않았지.

어쨌든 모두 손뼉을 치며 체육복이 주인을 찾은 걸 기뻐했어.

웅재는 발그스름해진 고개를 숙이고 제자리로 돌아갔

어. 곧바로 매점 아주머니가 또
소리쳤어.

"그럼 이 체육복 바지는……."

"어?"

웅재의 얼굴이 완전히 새
빨개졌어. 체육복 바지도 웅재의
것이었거든.

'저게 왜 또 저기 있지? 어쩐
지 며칠 동안 찾아도 없더라니.'

웅재는 방금 돌려받
은 체육복 티셔츠를 든
채 아이들을 헤치고 앞
으로 나가서는 바지를
얼른 받아들었어. 사
방에서 박수가 터
져 나왔어. 아이들

모두 체육복 티셔츠와 바지가 동시에 주인을 찾은 걸 축
하해 주었지.

"어떻게 바지까지 흘리고 다니지?"

모두 웃겨서 낄낄거렸어.

웅재는 받은 옷들을 잘 챙겨 들었어. 좀 부끄럽긴 했지만 물건을 찾았으니까 괜찮아.

"그럼 이건……."

절대로 거스름돈을 주지 않는 매점 아주머니가 그다음으로 집어 든 건 뭘까?

"망원경이다!"

아이들은 일제히 웅재를 쳐다보았어. 웅재도 눈을 크게 뜨고서 망원경을 쳐다보았지.

"흠, 아쉽지만 그건 제 거 아니에요."

그러자 웅재뿐만 아니라 모두가 아쉬워했어.

매달 마지막 날, 어디에도 없는 학교의 게양대 옆, '기다리는 오두막' 앞에는 절대로 거스름돈을 주지 않는 매점 아주머니가 있어. 아주머니는 시끄럽게 북을 치거나 칼을 던지거나 불타는 링 안으로 뛰어들지 않아도 전교생을 그곳으로 모이게 하지.

왜냐하면 '오랫동안 헤어져 있다가 다시 만나는 것'처럼 가슴 설레는 일은 없으니까.

13
10분 수업 종

눈을 비비고 시계를 똑똑히 봐. 정말로
수업이 10분 만에 끝나는 거야?

고장 난 건지 실수한 건지 모르지만,
어디에도 없는 학교의 수업 종이 한 번
덜 울린 적이 있었어.

선선한 날씨에 수업 종도 졸려서 그랬
을까? 아니면 짙은 안개 때문에 수업이
시작됐는지 눈치 채지 못해서 그랬을까?
아무튼 수업 종이 한 번 안 울리는 바람

에 학교 질서가 발칵 뒤집히고 말았지.

원래는 아침 자습을 하고 10분 쉬고, 40분 수업을 한 다음 다시 10분 쉬는 식으로 수업이 이어졌어. 그런데 그 날은 아침 자습이 겨우 10분 만에 끝났어. 그리고 책을 읽으러 대관람차 도서관에 도착하자 쉬는 시간을 알리는 종소리가 울렸지. 그런데 수업 시작종은 40분이 지나서야 울리지 뭐야. 그리고 나서 수업을 시작하면 다시 10분 만에 쉬는 시간 종이 울리고, 40분이 지나야 수업 시작종이 울렸어. 그러니까 수업 시간과 쉬는 시간이 서로 바뀐 거지.

그걸 아무도 눈치 못 챘냐고?

사실은 모두가 눈치를 챘지.

"쉿! 이렇게 좋은 일은 금방 끝나면 안 돼."

아무도 이 사실이 금방 들통나길 원하지 않았어. 그래서 "40분이나 쉬니까 정말 신난다!"하며 대놓고 떠들고 다니는 아이는 단 한 명도 없었지.

예전에는 쉬는 시간이 되면 한 가지 일밖에 못 했어. 운동장에 나가 공이라도 차려고 하면 화장실 가는 건 포기해야 했어. 매점에 가서 음료수를 산 다음, 밖에 나가 놀려면 운동장으로 가는 도중에 교실로 돌아와야 했지.

"어쩌다가 이렇게 된 거지?"

"그게 뭐가 중요해, 일단 놀고 보자."

웅재는 농구공을 집어 들더니 건우를 데리고 밖으로 나갔어.

모든 아이들은 이 기회를 잘 이용해야 한다는 걸 알았어. 쉬는 시간이 40분이라는 건 정말 흔치 않은 일이잖아.

숙제해 오지 못한 아이들이 제일 좋아했어. 예전에는 쉬는 시간마다 틈틈이 숙제해야 겨우 끝낼 수 있었는데, 이제는 쉬는 시간 한 번이면 충분했거든.

물론 선생님들도 그 사실을 진작 눈치챘어. 하지만 선생님들도 검사해야 할 숙제가 너무 많았어. 숙제 한 무더기를 보고 나면 또 한 무더기의 숙제가 돌아왔지. 그런데 수업을 마치면 쉬는 시간이 40분이나 있으니, 느긋하게 검사해도 시간이 충분했어.

심지어 숙제 검사를 끝내고 아이들과 함께 공놀이하거나 아이들이 밖에서 뭘 하고 노는지 살펴볼 수도 있었어. 또 기지개를 켜면서 편히 쉴 수도 있었지.

이제 쉬는 시간마다 숙제 공책에 머리를 파묻고 있을 필요가 없어진 거야. 그래서 이토록 중대한 사건이 어디에

도 없는 학교에 일어났는데도 문제라고 말하는 선생님이
아무도 없었지.

그렇다면 교장 선생님은 이 사실을 몰랐을까? 그럴 리
가! 다만 교장 선생님은 너무나 즐거워하는 아이들을 보
고 나니 차마 수업 종을 원래대로 되돌릴 수 없었어.

예전에는 하루 수업이 다 끝나야 아이들이 공놀이하
는 모습을 볼 수 있었는데, 지금은 쉬는 시간마다 아이들
이 공놀이를 했어. 그 덕에 교장 선생님은 쉬는 시간마다
날아오는 공을 머리에 맞았어.

'많이 뛰어놀아야 건강해질 텐
데. 아무래도 아이들을 계속 놀
게 해 줘야겠어!'

교장 선생님은 한층 밝아
진 운동장을 흐뭇하게 바라
보면서 생각했어.

'아이들은 원래 실컷 놀아
야 해.'

그래서 이 사건은 계속 조용히 지나갔어. 쉬는 시간이
40분인 걸 아무도 이상하게 생각하지 않게 됐지.

수업을 오래 하면 아이들은 금방 피곤해져. 하
지만 지금은 수업을 10분밖에 하지 않아서 피
곤해지기도 전에 쉬는 시간이 돼. 그래서
다음 수업 시간에도 모두 활기차고 기
운이 넘쳐.

선생님은 어쩌다가 돌아오는 단 10
분의 수업을 알차게 보내려고 1분 1초도
소중히 썼어. 하고 싶은 농담이 있어도
쉬는 시간으로 미뤘지.

"이러니까 너무 좋다."

"맞아! 오래 놀아도 피곤한 줄 모르겠어!"

어디에도 없는 학교는 활기가 넘쳤어.

교장 선생님도 이 사건이 어디에도 없는 학교에 안개보다 더 짙은 기쁨을 뿜어내고 있다는 걸 알았어.

하지만 짙은 안개 속에서 이 특별한 상황을 즐기면서도 모두의 마음속에는 한 가지 걱정거리가 있었지.

'언젠가는 원래대로 돌아가겠지?'

그런데 결국 그날이 오고야 말았어. 수업 종이 또다시 한 차례 울리지 않더니, 모든 것이 다시 정상으로 돌아온 거야. 수업을 시작한 지 10분 만에 쉬는 시간 종이 울리고, 40분이 지나야 수업 종이 울리는 특별한 일은 이제 사라지고 말았지.

"앗!"

"이제 끝났다!"

웅재는 종소리를 듣고 운동장에 멈춰 섰어. 웅재와 친구들은 수업 시간이 원래대로 돌아왔다는 걸 알아차렸지.

수업 시간이 정상으로 되돌아오자 모두 아쉬워했지만, 좋은 점도 있었어. 이렇게 즐거운 사건이 끝날까 봐 내내 조마조마하지 않아도 되니까.

'재미있는 추억으로 남겨 두자.'

그러면서도 모두 속으로 기대했어. 짙은 안개 속에서 낡은 종이 언젠간 다시 한번 울리지 않기를, 그래서 수업 시작종이 또다시 40분 뒤에 울리기를 말이야.

14
학교 지킴이 복이

복스럽게 생긴 떠돌이 강아지 복이는 과연
'학교 지킴이 강아지'로서의 임무를 잘 해낼 수 있을까?

"누가 있다!"

사람들의 발길이 끊긴 늦은 밤, 어디에도 없는 학교의
지킴이 강아지가 귀를 쫑긋 세우고 학교를 지키고 있어.

산길이 복잡하게 얽혀 있는 '찾을 수 없는 산'은 줄곧
안전한 곳이었어. 굳이 복잡한 산길을 어렵게 올라와서
물건을 훔치려는 사람은 없으니까. 그래서 밤이 와도 학교

지킴이 강아지는 별걱정 없이 잘 수 있었어. 특별히 할 일도 없었지.

하지만 항상 그렇게 한가하지는 않았어. 때때로 방과 후에는 학교 지킴이 강아지가 무척 바빠지거든.

아무 곳에서나 볼일을 보는 닭과 오리와 거위를 학교에서 쫓아내야 하고, 날이 저문 뒤, 학교에 두고 간 숙제 공책을 찾아가려는 아이들도 지켜 줘야 해. 또 길고양이나 쥐가 교실로 들어와서 파티를 즐기며 어지럽히지는 않는지도 살펴봐야 하지.

학교 지킴이 강아지는 사람을 구별할 줄 알아야 해. 숙제 공책을 찾으러 학교에 오는 덜렁이 아이를 보고 짖으면 안 되니까. 반대로 아주 수상한 사람이 있으면 인정사정 봐주지 않아야 하지. 또 쥐와 고양이가 교실로 쳐들어오기 전에 막아야 해.

어디에도 없는 학교 최초의 학교 지킴이 강아지는 '멍이'였어. 멍이는 가장 오랫동안 학교 지킴이 강아지로 일했지. 온몸이 새까만 멍이가 깜깜한 한밤중에 한 줄기 바람처럼 재빠르게 움직이면 어디 있는지조차 알 수 없을 정도였어. 멍이는 민첩하게 학교 안을 살피며 돌아다녔어. 그러다가 어디선가 풀 소리라도 나면 곧바로 그곳으로 쫓아갔지. 그래서 학교는 안전했어.

그런 '멍이'는 '대박이'에게 학교 지킴이 강아지 일을 물려주었어. 그 후 '대박이'는 '기쁨이'에게, 그리고 '기쁨이'는 '뽀글이'에게 일을 물려주었지. 그런데 '뽀글이' 이후로는 지킴이 강아지를 물려받을 마땅한 강아지를 찾지 못했어. 그래서 뽀글이는 나이가 들어서도 학교 지킴이 강아지를 해야 했지. 그러다 더 이상 일하기가 힘들어지자, 어쩔 수 없이 어린 강아지 '복이'를 훈련하기 시작했어.

나이 많은 뽀글이는 학교 지킴이 강아지가 반드시 해야 할 일을 어린 '복이'에게 가르쳐 주더니, 어느 날 어디에도 없는 학교를 조용히 떠났어.

'복이'는 하루아침에 학교 지킴이 강아지라는 중대한 임무를 떠맡게 되었어. 그렇다고 아직 어린 복이가 놀고 싶은 마음이 아예 없어진 건 아니었어. 그리고 뽀글이에게 훈련받았지만 엄청난 재주를 배운 것도 아니었지.

오히려 복이는 닭과 오리를 학교 안으로 몰아넣곤 했어. 또 쥐들을 교실로 몰아넣더니 환기창 밖을 지키고 서 있었어. 쥐들이 교실에서 빠져나오지 못하게 막아 버린 꼴이었지.

뭐니 뭐니 해도 해 질 무렵 숙제 공책을 가지러 학교에 간 아이가 제일 곤란했어. 왜냐하면 복이가 갑자기 달려들어 뽀뽀하고 핥으며 애교를 퍼부었거든. 얼마나 깜짝 놀라게 하는지, 모두 숙제 공책을 깜빡하고 집으로 돌아갈 정도였지.

낮에는 뛰어노느라 바쁘고 저녁에는 아이들에게 마구 달려드는 복이를 지켜보던 선생님들은 학교 지킴이 강아지를 바꾸고 싶어 했어. 하지만 떠돌이 강아지였던 복이를 다시 학교 밖으로 내쫓을 수는 없는 일이었지.

"아무튼 아무것도 모르고 복에 겨운 학교 지킴이 강아지라니까."

"복이, 너 언제 철들래?"

느릿느릿 선생님마저 더는 못 지켜보겠는지 복이에게

이렇게 물었어.

복이는 맑고 새까만 눈으로 선생님을 쳐다보더니 복슬복슬한 꼬리를 흔들면서 선생님에게 와락 안겼어.

"안 돼, 이러면 안 된단 말이야. 넌 '학교 지킴이 강아지'잖아. 좀 의젓해져야지."

하지만 느릿느릿 선생님도 복이의 애교에 마음이 누그러질 수밖에 없었어.

웅재는 날마다 아무 생각 없이 학교를 뛰어다니면서 왈왈거리는 철부지 복이를 학교 지킴이 강아지 중에서 가장 좋아했어. 그런데 몇몇 선생님들은 여전히 복이가 못마땅했나 봐.

"뽀글이가 있을 때는 학교에 쥐 한 마리 없었는데 말이야."

뽀글이를 그리워하는 선생님들이 하나둘 생기기 시작했어.

"하지만 복이는 골짜기로 굴러 내려가는 공도 잽싸게 잡아 온다고요!"

복이 편을 들어주는 아이들도 하나둘 생기기 시작했지.

맞아, 성격이 활발한 복이는 온종일 운동장에서 수업이 끝나기만을 기다려.

마침내 수업이 끝나면 아이들이 찬 공이 여기저기서 날아와. 복이는 절대로 놓치지 않고 다 잡아냈어. 공을 보면 복이는 온몸에 힘이 솟나 봐.

"복이 너, 정말 멋지다!"

아이들은 모두 복이에게 엄지손가락을 세워 보였어.

"어떻게 저렇게 잘 잡지?"

복이는 최고의 골키퍼이기도 했어. 단 한 골도 내주지 않겠다는 듯 골문으로 돌진했지.

그런데 어느 순간
부터 선생님들은 학교가
예전보다 더 평화롭고 조용
해졌다는 사실을 깨닫기 시작했어. 복
이가 하루 종일 정신없이 뛰어다니는 통에 닭과 오리가
학교 안으로 들어오지 못했거든. 또 쥐와 고양이도 복이
의 냄새를 맡으면 무서워서 일부러 학교를 피해 멀리 돌
아갔지.

복이의 넘치는 에너지는 정말 아무도 못 말리는 걸까?

선생님들은 여전히 골치 아팠지만 복이는 하루가 다
르게 무럭무럭 자랐어. 사람들은 모두 복이가 예전의 학
교 지킴이 강아지만큼 맡은 임무를 잘
해내는 훌륭한 강아지라는 걸 차차
깨닫게 되었어.

복이는 단지 방식이 조금
달랐을 뿐이야.

15
딱 하나뿐인 소중한 지도

이건 웅재가 우리 모두에게 선물하는,
찾을 수 없는 산을 오르는 유일한 지도야.

어디에도 없는 학교는 크기도 작고 학생 수도 적고 짙
은 안개 속에 꼭꼭 숨어 있잖아. 그런데 사람들은 줄곧
호기심을 갖고 물어물어 찾아가려고 해.

어디에도 없는 학교는 항상 제자리에 있어. 단 한 순간
도 그 자리를 떠나거나 도망치지 않고 진심으로 방문객
들을 기다리고 있지.

　비록 산길이 여러 갈래지만 서두르거나 당황해 할 필
요는 없어. 웅재가 학교에 도착할 수 있는 제대로 된 길을
알려줄 거니까. 학교 지킴이 강아지 복이도 손님 맞을 준
비를 마치고 그곳을 지키고 있어.

　웅재는 찾을 수 없는 산을 오르는 지도를 그렸어. 학교
를 찾아오는 사람들의 수고를 덜어 주려고 말이야.

　그런데 안타깝게도 산길이 너무 여러 갈래야. 웅재는
그 많은 길을 하나하나 어떻게 그려야 할지 몰랐어. 그래
도 열심히 그렸지. 어디에도 없는 학교를 알든 모르든, 봤
든 보지 못했든, 찾을 수 없는 산에 숨어 있는 이 천국

같은 곳이 어디에도 없지는 않다는 사실을 모두에게 알려주고 싶었거든.

이다음에 커서 털보 아저씨 말처럼 진짜로 촌장이 되면, 웅재는 산길을 따라 이정표를 만들 거야. 누구나 쉽게 산에 올라와서 자기가 크고 자란 학교 교정을 볼 수 있도록 말이야.

웅재는 어디에도 없는 학교가 산 아래에 있는 학교들과 무엇이 다른지 잘 몰라. 비록 어디에도 없는 학교를 진짜로 찾을 수 있는 사람들은 드물고 드물겠지만, 웅재는 기꺼이 안내자가 되고 싶어 해.

우선 털보 아저씨의 통나무 비행선을 타고 개울을 달려 어디에도 없는 학교에 가는 거야. 그리고 아직 아무도 제대로 본 적 없는 교장 선생님을 함께 찾아보는 거지. 그런 다음 웅재가 가장 좋아하는 벼랑 위 매점에 가서 절대로 거스름돈을 주지 않는 매점 아주머니에게 물건을 사고, 교실로 가서 느릿느릿 선생님과 함께 글씨도 써 보는 거야.

여름이 되면 여름 방학 산골짜기에 가서 장수풍뎅이를 찾고, 슈팅 기계에 농구공을 던져 넣어 점수도 매겨

볼 거야.

산 아래에 있는 학교의 학생들도 이런 것들을 재미있
어 할지 잘 모르겠지만, 웅재에게는 이 모든 게 아무리 봐
도 실리지 않고 아무리 놀아도 싫증 나지 않는 소중한 보
물들이야.

웅재는 더 많은 학생이 어디에도 없는 학교로 전학 와
서 학교가 왁자지껄 붐비기를 기대하고 있어.

그러니까 웅재가 준 지도를 잘 챙기고 찾을 수 없는
산의 갈림길을 잘 기억해 둬. 어쩌면 언젠가 이 작고 작은
학교로 들어가는 자신을 발견하게 될지도 모르니까. 그때
가 되면 웅재는 아마도 우리와 함께 어디에도 없는 진짜
탐험을 떠날 거야.

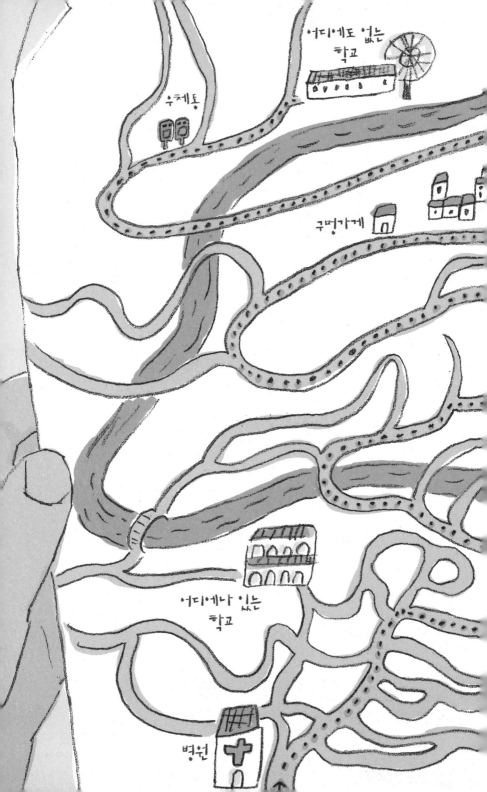

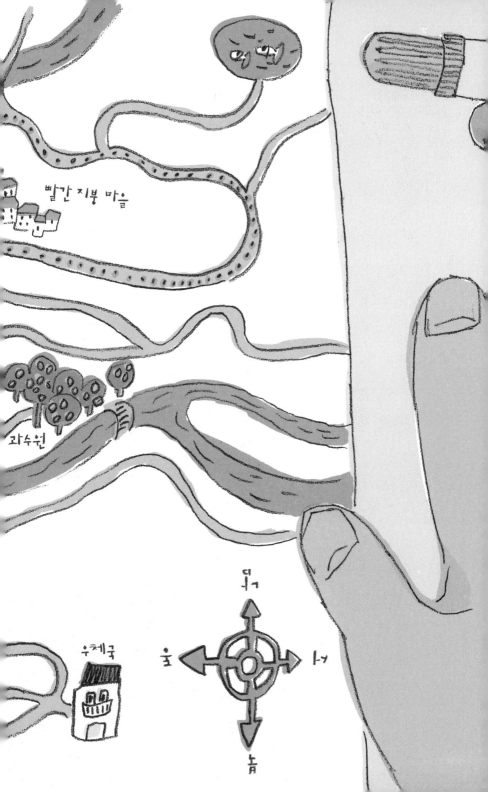

과연 이런 학교가 있을까?

천펑웨이

그날은 어쩔 수 없이 가야 하는, 2년에 한 번 있는 여행이었다. 그때 나는 함께 간 동료들과 떨어져 혼자 산책하다가 아주 특별한 학교를 만났다.

처음에 나를 놀라게 한 것은 수업이 끝났음을 알리는 종소리였다. "픽! 픽!" 종소리가 끝나자 이런 안내 방송이 나왔다. "수업이 끝났습니다. 수업이 끝났어요. 아직 수업을 끝내지 못한 선생님들은 빨리 수업을 끝내 주세요."

정말이지 부러운 안내 방송이었다. 나는 산책을 계속하다가 수업 시작종도 듣게 되었다.

종소리가 끝나자 이번에는 이런 안내 방송이 나왔다. "수업이 시작되었습니다. 수업이 시작되었어요. 아직 교실로 들어가지 않은 어린이들은 천천히 교실로 가세요. 서두르지 마세요."

소리가 나는 곳으로 가보니 이런 이름이 큼지막하게 걸린 학교 교문이 보였다. '어디에도 없는 학교'

이곳이 소문으로 들었던 바로 그 학교일까? 과연 그런 곳이 실제로 존재할까에 대해 사람들과 줄곧 이야기하곤 했었는데, 뜻밖에도 진짜 내 눈앞에 나타난 것이다.

나는 여행을 왔다는 사실도 완전히 잊어버리고 학교 안을 자세히 들여다보았다. 모든 풍경이 내 머릿속에 새겨질 때까지 한참을 보고 또 보았다. 내가 정신을 차렸을 때는 짙은 안개가 이미 학교를 겹겹이 에워싼 후였다.

그 학교는 실제로 존재한다. 내가 다시 그 학교에 가 보기로 결심한 것은 그로부터 2년이 지난 뒤였다.

나는 지난번 내가 학교를 발견한 사실이 결코 꿈이 아니라는 것을 확인하고 싶은 마음으로 길을 나섰다.

학교와 가까워질수록 나는 그 산의 평온하고 편안한 심장박동을 느낄 수 있었다. 그럴수록 내 마음은 기쁨과 뿌듯함으로 두근거렸다.

누군가는 허무맹랑하고 비현실적이라고 말할 것이다. 그러나 내 마음속에는 시간이 지날수록 그날의 기억이 선명하게 떠오르고 있다.

즐거운 초등학교

타이둥 대학 아동문학연구소 교수 린원바오

『어디에도 없는 학교』는 천펑웨이의 스타일을 잇는, 가볍고 유쾌하며 단숨에 읽기 좋은 작품이다. 이 책은 교육 현장이자 초등교사인 작가가 자신이 잘 아는 공간인 초등학교를 배경으로 초등학교 학생들은 이처럼 즐겁고 창의적인 환경에서 지내야 한다는 것을 보여 준다.

안타깝게도 오늘날 학교에 대한 인식은 대체로 진학을 위한 기초를 다지는 곳에 지나지 않는다. 학습의 원리보다 결과만이

중요하게 여겨지는 이때, 그래서인지 천펑웨이의 『어디에도 없는 학교』를 읽으면서 감동하지 않을 수 없었다. 이런 초등학교라면 누구나 일생에서 가장 멋진 시간을 보낼 수 있을 것이다.

『어디에도 없는 학교』에 실린 총 열다섯 편의 이야기는 가볍고 유쾌하며 단숨에 읽힌다. 다음의 내용을 그 이유로 꼽을 수 있다.

신기하고 놀라운 상상의 기쁨 : 등교를 도와주는 털보 아저씨의 통나무 비행선, 놀이동산의 대관람차와 같은 모습의 도서관, 벼랑 끝에 있는 매점, 기대와 즐거움으로 가득 찬 여름 방학의 문 등이 잇달아 독자들을 사로잡는다. 아이라면 누구라도 자신이 다니는 학교가 이런 시설들을 갖추고 있기를 바랄 것이다. 이러한 상상력은 모두의 눈빛을 반짝이게 만든다.

그리움과 새로움의 만남 : 꼼꼼하고 성실한 느릿느릿 선생님, 화단에서 풀을 뽑고 물을 주는 교장 선생님, 책걸상을 책임지고 수리하는 골동품 할아버지, 그리고 잃어버린 물건들이 주인을 기다리는 '기다리는 오두막' 등은 마치 몇 세대 전의 이야기처럼 보인다. 이런 이야기가 『어디에도 없는 학교』에서 불쑥 등장하면서 요즘 아이들에게 색다른 재미를 선사할 뿐만 아니라 어른들의 향수도 불러일으킨다.

다름이 주는 재미 : 수업 시작종과 쉬는 시간 종이 바뀌어 울리지만 『어디에도 없는 학교』에서는 모두가 그 사실을 모르는 척하기 때문에 쉽게 들키지 않는다. 학교에 떠돌이 개가 나타나도 학교 지킴이 강아지로 함께 어우러져 살아간다. 이는 일반적인 반응과 대비되어 주제와 의미를 효과적으로 드러낸다.

웃음을 자아내는 인물 : 아이들이 찬 공을 종종 머리에 맞는 교장 선생님, 글씨를 쓸 때 아이의 기분이 좋았는지 나빴는지 아는 느릿느릿 선생님, 산수를 잘하지 못해서 거스름돈을 주지 않는 매점 아주머니, 미로 마라톤에서 길을 잃은 심판 선생님 등. 『어디에도 없는 학교』 속 등장인물은 하나같이 재미있고 기발하며, 천펑웨이 식 유머를 거듭해서 보여 준다.

『어디에도 없는 학교』에는 천펑웨이의 놀라운 문학성도 볼 수 있다.

기발하고 짜임새 있는 문장 : 사람, 사물, 사건에 대한 묘사가 지나치거나 모자람이 없이 적절하다. 『어디에도 없는 학교』를 찾는 법, 어쩔 수 없이 일찍 일어나야 하는 털보 아저씨, 짙은 안개 속에 얼굴을 감춘 미스터리 교장 선생님, 심지어 '그럴듯하게' 나열되는 여름 방학 수칙 등은 매우 자세해서 마치 진짜로 존재한대도 믿을 수밖에 없을 정도다.

명쾌하고 통통 튀는 리듬 : 『어디에도 없는 학교』는 단락이 분명하게 나뉘는데, 짧은 것은 몇 글자, 긴 것은 몇 마디에 불과하며 여러 줄을 넘기는 경우는 드물다. 이는 책을 읽는 독자들을 즐겁게 한다. 『어디에도 없는 학교』는 짧은 문장을 사용해 자유롭고 명쾌한 분위기를 아낌없이 표현한다.

생동감 넘치는 비유 : 열다섯 편의 이야기 어디에서나 색다르고 생동감 넘치는 표현을 찾을 수 있다. 예를 들어 '좁은 길은 한 번만 헷갈려도 마치 사람을 보고 놀란 다람쥐처럼 흔적도 없이 사라지거든.', '얼마나 안개가 짙은지 학교 종소리도 마치 걸쭉한 떡을 두드리는 것처럼 들린다니까.', '느릿느릿 선생님은 느릿느릿 마음을 졸였어.', '해님이 머리를 긁적이며 오래된 소나무를

비스듬히 비췄어.' 등 일일이 나열할 수 없을 정도다.

천펑웨이의 신작을 만나게 되어 정말 기쁘다. 작가의 뛰어난 글솜씨는 분명 더 재미있는 작품을 더 많이 만들어 낼 수 있을 것이라는 기대감을 독자에게 선사한다.

『어디에도 없는 학교』와 학교 이야기를 다룬 다른 작품들과 가장 큰 차이점은 물 흐르듯 자연스럽다는 것과 과장하는 표현을 쓰지 않는다는 것이다. 학교 안의 인물이나 사건을 왜곡하고 변형시켜서 서커스단의 광대처럼 인위적인 '웃음'을 주지도 않는다. 상상력이 풍부하고 창의성이 무한한 성숙한 작품이다. 비록 분량이 길지는 않지만, 그 속에 담긴 재미는 절대로 적지 않다. 자신 있게 모두에게 좋은 작품이라고 추천한다.